日本文学検定 公式問題集 3級

古典
近現代

日本文学検定委員会 編

はじめに

日本文学の楽しさ・美しさ・奥深さをもっと多くの人に知ってもらいたい。

日本文学を未来につなげたい。

そんな想いのもと、日本文学検定は発足されました。

いにしえより伝えられてきた文学作品は、精緻《せいち》な美しきことばによって紡《つむ》がれ、まるでその場に自分がいるのではないかと思わせるほど、その時代背景をも、垣間《かいま》見ることができます。

歴史的事実のみならず、その時代に生きた人々の生活や文化、思想や感覚、知恵や知識、空想や伝説、滑稽《こっけい》な物事、悲しい出来事、信仰、嘘、悪口、男女の恋愛などを知ることができるのです。

現代に生きる私たちに、生きていくうえで役立つあらゆることを教えてくれる、先人たちから伝えられてきた貴重な財産ともいえます。

また、文学作品に触れることで、あらゆる事象や心情を、様々なことばを駆使して、表現できる力が身につきます。

国語力の低下が叫ばれる昨今、人々の情操を豊かにし、教養を高め、ひいては語彙力・表現力の向上に役立つ方法であるともいえるでしょう。

多くの方々が、日本文学検定を通して日本文学を学び、そこで得た何かが人生の一助になることを願ってやみません。

日本文学検定委員会

目次

日本文学検定〔古典・近現代〕３級概要

●実施要項

試験日　年一回　12月

実施級　日本文学検定３級（古典）
日本文学検定３級（近現代）
※併願受験も可能です。　計２種

受験料　３級（古典）　四八〇〇円（税込）
３級（近現代）四八〇〇円（税込）
学生割引　四五〇〇円（税込）
※お申込みの際に学校名・学籍番号を記載。
団体割引　四五〇〇円（税込）
※５名以上でお申込みされた場合に適用。
※各種割引の併用はできません。

試験時間　３級（古典）　60分間
３級（近現代）60分間

※試験開始前に10分間の説明があります。
※試験開始から10分以降は入室（受験）できません。
※試験開始時間は変更になる場合がございます。受験票に記載されている時間をご確認の上、試験会場までご来場ください。

開催地　東京・大阪で開催
※受験会場は、受験票送付時にご案内いたします。

受験資格　どなたでも受験できます。学歴・年齢その他の制限はありません。

●試験概要

出題レベル　３級（古典）
上代から近世日本文学の一般的な知識を問う
３級（近現代）
明治以降の日本文学の一般的な知識を問う
※問題は公式テキストに準じて出題いたします。

問題形式　マークシート　全80問　４者択一・２者択一方式
※問題用紙は試験後に回収いたします。予めご了承ください。

合格基準　80％以上の正解率を合格とします。

●受験の流れ

お申込み　↓　受験票発送　↓　検定試験　↓　結果通知

●お申込み

受付締切　9月から11月まで

★郵便局からのお申込み

日本文学検定専用の「払込取扱票」をご利用の上、郵便局にて受験料をお振込み下さい。

「払込取扱票」設置書店は、

日本文学検定公式ホームページ

(http://www.nichibunken.com/)

でご確認下さい。

・日本文学検定専用の「払込取扱票」がお手元にない場合、郵便番号／住所／氏名／電話番号／「郵便局 払込取扱票希望」と明記した紙と、80円切手を同封し、日本文学検定運営事務局までご請求下さい。

・「払込取扱票」は願書を兼ねています。はっきりとわかりやすい文字で正確にご記入ください。

・払込手数料は受験者のご負担となります。

・「払込金受領書」が控えとなります。大切に保管してください。

・郵便局設置の「払込取扱票」では、お申込みできません。

★インターネットからのお申込み

ホームページからお申込みと受験料のお支払いができます。

クレジットカードもしくはコンビニエンスストアでのお支払い方法が選べます。日本文学検定公式ホームページ、または、

「検定、受け付けてます」

http://www.kentei-uketsuke.com/nichibunken/

からお申込みください。

いずれのお申込み方法でも、お申込み後の取り消し・返金はできません。

次回への繰り越しもできませんのでご注意ください。

なお、検定の実施にあたっては十分な会場をご用意しておりますが、万一それを超える人数の方からお申込みをいただいた場合、申込締切期日前に受付を終了させていただくことがございます。

※目・耳・肢体等の不自由な方は、お申込みの前に日本文学検定事務局へお問合せください。状況によっては対応できかねる場合もございますので何卒ご了承ください。

●受験票の発送について

12月発送。未着、または記載事項に誤りがあった場合は、日本文学検定運営事務局へご連絡ください。

※お問合せがなく受験できない場合、運営事務局では一切の責任を負いません。

●結果通知について

1月下旬頃より全受験者に合否通知を送付いたします。
合格者には合格認定証を発行いたします。
※採点結果・合否結果に関するお問合せ、異議申し立てには一切応じられません。予めご了承ください。

●試験当日について

持ち物
受験票
筆記用具
（HBまたはBの鉛筆またはシャープペンシル、消しゴム）

会場での諸注意
・試験官の指示に従ってください。
・途中退出はできません。
・会場内では、携帯電話等の電子音が出る機器の電源を必ず切ってください。
・会場内での喫煙は、ご遠慮ください（一部全館禁煙の会場があります）。
・試験開始から10分遅れた場合にはご入室いただけません。
・試験会場への自動車・二輪車でのご来場はご遠慮ください。
※上記の諸注意への違反および禁止行為を行なった受験者はその場で失格とし、退場していただきます。また、不正行為が発覚した場合は、合格認定後でも合格を取り消し、以後の受験をお断りする場合があります。

●学生受験について

・中学生、高校生、専門学校生、大学生、大学院生など各教育機関より学生証を交付されている方にご利用いただけます。受験料が割引（税込四五〇〇円）となります。
・試験当日、確認のため提示を求められる場合がありますので、必ず学生証を持参してください。
・各種割引との併用はできません。

申込み方法
インターネットでお申込みいただくか、日本文学検定専用の「払込取扱票」にご記入いただき、お手続きください。

●5名以上の団体受験について

・学校・企業・グループ等で、5名以上の出願者で受験され、団体代表者の監督のもと、ご所属先の教室・会議室などを受験会場として利用する際にご利用いただけます。受験料が割引（1名あたり税込四五〇〇円）となります。
・お申込みおよび受験料のお支払いは、代表者が一括してお手続きください。

申込み方法
代表者のお名前／住所／電話番号／メールアドレス／「日本文

学検定」団体申込願書希望　を明記の上、メールにて検定運営事務局までご請求ください。

E-mail　info_kentei@nippan. co. jp

※団体受験専用の〔団体申込願書〕が必要となります。検定運営事務局よりメールにてお送りいたします。

※団体受験はインターネットからのお申込みはできません。

団体受験についてのご注意

・団体受験の受付締切りは11月上旬です。同日までに検定運営事務局まで団体申込願書を送付してください。締切りを過ぎますとお申込みは無効となります。

・受験料のお支払い方法は事務局よりご連絡いたします。受験票は入金確認後の発送となります。

・代表者は各受験者の個人情報について厳重な管理をお願いいたします。万一、団体代表者の過失による遺失・漏洩等の事故があった場合、検定運営事務局は一切責任を負いかねますことを予めご了承ください。

☆検定の概要につきましては、変更になる可能性がございますので、詳しくは日本文学検定公式ホームページをご参照いただくか、下記日本文学検定運営事務局へお問合せください。

●お問合せ

＊毎年7月よりお問合せ窓口設置

日本文学検定運営事務局

〒101-0062

東京都千代田区神田駿河台4-3新御茶ノ水ビルディング16Ｆ

E-mail：info_kentei@nippan. co. jp

TEL：03-3233-4808（10：00～17：00　土・日・祝日を除く）

※「日本文学検定」は日本文学検定委員会が主催する検定試験です。

※日本文学検定運営委員会は「日本文学検定」の実務業務の一部を日本出版販売（日販）、および日販アイ・ピー・エスに業務委託しております。

日本文学検定 3級

古典

上代〔練習問題〕

□問1　奈良時代、元明《げんめい》天皇の命をうけ、天皇家の系譜や伝承を確立することを目的に太安万侶《おおのやすまろ》が整理・記録した歴史書のタイトルは？

①　古事記　②　日本書紀　③　古語拾遺《こごしゅうい》　④　続日本紀《しょくにほんぎ》

□問2　『古事記』の編纂に関わる作業が始まったのはどの天皇の御代？

①　神武《じんむ》天皇　②　天智《てんじ》天皇　③　天武《てんむ》天皇　④　聖武《しょうむ》天皇

□問3　『古事記』の編纂に影響を与えた古代の政治事件とは？

①　壬申の乱　②　承久の乱　③　磐井《いわい》の乱　④　大化の改新

□問4　妻や恋人などが課したタブーを犯したために悲劇（多くは別離）が訪れる、という話型を「見るなの禁」と呼ぶが、次の中で「見るなの禁」の話型にあてはまる組み合わせはどれ？

①　イザナキ・イザナミ　②　スサノヲ・クシナダヒメ
③　オホクニヌシ・スセリビメ　④　ニニギノミコト・コノハナノサクヤヒメ

□問5　イザナミが派遣した黄泉軍を追い払うためにイザナキが投げたものは？

①　鰯《いわし》の頭　②　榊《さかき》の枝　③　にんにく　④　桃の実

□問6　スサノヲが高天原《たかまのはら》で乱暴を働くので、それを恐れたアマテラスは天《あま》の石屋戸《いわやと》にこもってしまった。その罪を償うためにスサノヲがされたこととは？

①　身に着けていた十拳剣《とつかのつるぎ》を奪われた
②　髭《ひげ》や爪を切られた
③　持っていた穀物の種をとりあげられた
④　乗っていた馬を殺された

□問7　穀物の女神オホゲツヒメが料理を作る様子を見たスサノヲは、激怒してオホゲツヒメを殺してしまう。するとその死体から穀物の種や蚕《かいこ》が生じた。スサノヲの怒りをかったオホゲツヒメは、どのようにして食事を用意していた？

①　高天原の神聖な田畑から無断で食材を集めていた
②　自分で用意せずに、八百万神《やおよろずのかみ》に作らせていた
③　神聖な火を勝手に使用して料理をしていた
④　耳や鼻や尻から出てきた食材を使っていた

□問8　クシナダヒメと結婚するため、スサノヲはヤマタノヲロチを退治することになる。そのヲロチ退治はどのような方法だった？

①　火で焼いた熱い岩石を投げた
②　大きな川におびき寄せて溺れさせた
③　強い酒を飲ませ酔わせた
④　切りつけて傷口に塩を塗りこんだ

□問9　「八雲立つ　出雲八重垣　妻籠《つまご》みに　八重垣作る　その八重垣を」は『古事記』に登場するはじめての歌である。この歌を詠んだのは？

①　スサノヲ　②　アマテラス　③　スクナヒコナ　④　イザナキ

□問10 ワニに毛皮をはぎ取られて泣いていた因幡《いなば》の白ウサギは、八十神《やそがみ》に教えられた通りに対処したところ、傷が悪化してしまう。さて、八十神が白ウサギに教えた傷の対処法とは？

① ワニを並べてその上を走る
② 海水を浴びて横になる
③ 真水で洗って花粉の上に寝る
④ 山に湧いている温泉につかる

□問11 オホナムチはスサノヲがいる根の国を訪れる。そこでオホナムチは試練を課され、ある生き物の部屋に入れられるが、その生き物の正しい組み合わせはどれ？

① 蛇・百足《むかで》・蜂《はち》　② 蛇・百足・蜘蛛　③ 蛇・百足・蠍《さそり》　④ 蛇・蜂・蜘蛛

□問12 オホナムチがスセリビメとともに根の国からこっそり脱出しようとするとき、スセリビメの父であるスサノヲに気づかれてしまうのはなぜ？

① 咳がとまらなくなったため
② スセリビメが大声で泣いたため
③ 持ち帰ろうとした琴が木にひっかかって鳴ってしまったため
④ 足を骨折して動けなくなってしまったため

□問13　『古事記』上巻には神話が記されているが、その最後部に誕生し、初代天皇となったのは誰？

①　仁徳《にんとく》天皇　②　神武天皇
③　崇神《すじん》天皇　④　雄略《ゆうりゃく》天皇

□問14　景行《けいこう》天皇から兄の大碓命《おおうすのみこと》を朝食に出席させるよう頼まれたヤマトタケル。そこで、彼がとった行動とは？

①　宝物をあげた
②　歌で呼びかけた
③　美人を紹介した
④　殺してしまった

□問15　その物語が三重（県）の名前の由来となった、『古事記』中の登場人物は？

①　ヤマトタケル　②　スサノヲ
③　イザナキ　④　タヂマモリ

□問16　『古事記』『日本書紀』の中で、ヤマトタケルは死後人間以外のものに姿を変えている。それは次のうちどれ？

①　龍　②　白鳥　③　剣　④　花

□問17　『古事記』『日本書紀』に登場し、天皇の命令で常世国《とこよのくに》（海のかなたにあると信じられた永生の国）に渡り、「ときじくのかくの木の実」を日本に持ち帰ったのは誰？

①　因幡の白ウサギ　②　スサノヲ　③　タヂマモリ　④　ヤマサチヒコ

□問18　古代の聖帝・仁徳天皇は、正妻であるイハノヒメ以外の女性とも結婚をしようとした。それに嫉妬したイハノヒメがとった行動に当てはまらないものは？

①　イハノヒメを恐れて舟で故郷に帰ろうとする女性を、舟から降ろして徒歩で帰らせた

②　宴のために準備した酒盃用の木の葉を、怒って全て海に投げ捨てた

③　出かけた先で天皇の女性関係を耳にし、そのまま家に帰らなかった

④　うさ晴らしに自分専用の豪邸を造らせ、人民の課役を増やした

□問19　奈良時代に舎人《とねり》親王らが編纂した歴史書とは？

① 古事記　② 日本書紀

③ 古語拾遺　④ 続日本紀

□問20　次のうち、『日本書紀』よりも成立が早いものはどれ？

① 大鏡　② 出雲国風土記

③ 万葉集　④ 古事記

□問21　次の説明が正しければ○、間違っていれば×を選びなさい。

「『古事記』『日本書紀』ともに、仏教伝来についての記事がある。」

① ○

② ×

□問22 次のうち神話が記されていないものを選びなさい。（すべてに神話がある場合は「なし」を選ぶこと。）

① 古事記　② 日本書紀

③ 風土記　④ なし

□問23 日本神話に国作りの神として登場する大国主神《おおくにぬしのかみ》は、後に神仏習合《しんぶつしゅうごう》して、七福神の一柱としても信仰された。その神とは？

① 恵比須　② 弁財天

③ 大黒天　④ 布袋《ほてい》

□問24 日本各地の地理や産物、伝説などを記録した奈良時代の書物とは？

① 古事記　② 日本書紀

③ 風土記　④ 続日本紀

□問25　いわゆる「五風土記」の正しい組み合わせは？

①　出雲《いずも》／常陸《ひたち》／播磨《はりま》／豊後《ぶんご》／肥前《ひぜん》
②　出雲／丹後／播磨／豊後／肥前
③　出雲／大和／播磨／豊後／肥前
④　出雲／常陸／丹後／豊後／肥前

□問26　次の説明が正しければ○、間違っていれば×を選びなさい。

「『出雲国風土記』は『古事記』よりも成立が早く、『古事記』編纂に大きな影響を与えた。」

①　○
②　×

□問27　現存する「風土記」のうち、ほぼ完本と見られる唯一の本とは？

①　丹後国風土記　②　播磨国風土記　③　出雲国風土記　④　常陸国風土記

□問28 奈良時代に成立し、約四千五百首の歌などがおさめられている、日本最古の歌集とは?

① 万葉集
② 古今和歌集
③ 梁塵秘抄《りょうじんひしょう》
④ 後撰《ごせん》和歌集

□問29 『万葉集』の最終編纂にあたったとされ、坂上大嬢《さかのうえのおおいらつめ》への恋の歌などで知られる。また、『万葉集』最後の一首の歌人でもある人物とは誰?

① 大伴家持《やかもち》
② 大伴旅人《たびと》
③ 山上憶良《やまのうえのおくら》
④ 紀貫之《きのつらゆき》

□問30 次の説明が正しければ○、間違っていれば×を選びなさい。

「『万葉集』という書名は、編纂当時、大伴旅人が命名した。」

① ○
② ×

□問31 『万葉集』についての説明の中で、間違っているものは？

① 長歌と短歌の二種類を集めた歌集である
② 全二十巻から構成されている
③ 貴族だけでなく庶民の作った和歌も収録されている
④ 全文が漢字で書かれている

□問32 次の説明が正しければ○、間違っていれば×を選びなさい。

「『万葉集』に掲載された和歌は天皇や高級官吏の詠んだもののみであり、下級官吏や農民、僧侶などの歌は掲載されていない。」

① ○
② ×

□問33 『万葉集』に収録されている「東歌《あずまうた》」の説明として、正しいものは？

① 関東地方出身の貴族の歌が選ばれている
② 漢字を読み書きできない庶民が作ったため、かな文字で書かれている
③ 作者名のわかっている歌もある
④ 現在の関東・東北地方だけでなく、中部地方の人々の歌も含まれている

□問34 **次の説明が正しければ○、間違っていれば×を選びなさい。**

「「籠《こ》もよ　み籠持《こも》ち　ふくしもよ　みぶくし持ち　この岡に　菜摘《なつ》ます児《こ》　家告《いえの》らせ　名告《なの》らさね……」。『万葉集』巻頭歌として有名なこの歌は、ある天皇が春の野で菜を摘んでいる少女に求婚する歌である。作者とされるのは神武天皇である。」

① ○

② ×

□問35 **次の説明にあてはまる人物は誰？**

「代表的な歌に「貧窮問答歌《ひんきゅうもんどうか》」、「子を思ふ歌」などがある。第七次遣唐使船に同行し、唐に渡り儒教や仏教など最新の学問を身につける。帰国後は、伯耆守《ほうきのかみ》、筑前守《ちくぜんのかみ》と地方官を歴任しながら、数多くの歌を詠んだ。」

① 大伴家持　② 大伴旅人　③ 山上憶良　④ 大友克洋

□問36 **次の説明にあてはまる人物は誰？**

「大伴旅人の子。『万葉集』第四期の代表歌人。名歌を多く残したが幾たびか謀反事件に連座させられた悲運の人でもあった。」

① 大伴家持　② 大伴昌司　③ 大伴金村《かなむら》　④ 大伴旅人

□問37　**次の説明にあてはまる人物は誰？**

「孤独な鬱情をいやす幻想の世界を求めて風流の文学を創造した。漢詩集『懐風藻《かいふうそう》』に漢詩が収められ、『万葉集』にも和歌七十八首撰出されているが、和歌の多くは大宰帥《だざいのそち》任官以後のもの。「酒を讃《ほ》むる歌」十三首を詠んでおり、酒をこよなく愛した人物として知られる。」

①　山上憶良　②　大伴旅人　③　柿本人麻呂　④　在原業平《ありわらのなりひら》

□問38　**『万葉集』に「草壁皇子挽歌《くさかべのみこばんか》」「近江荒都歌《おうみこうとか》」や、妻を失った悲しみを詠んだ「泣血哀慟歌《きゅうけつあいどうか》」などが載る宮廷歌人は？**

①　柿本人麻呂　②　山部赤人　③　大伴旅人　④　吉田宜《よろし》

□問39　**多くの男性に愛され求婚された伝説の女性・真間の手児奈《てこな》。悩んだ挙句、彼女が選んだ道は？**

①　幼なじみと結婚した
②　海外逃亡した
③　入水自殺をした
④　仙人になった

□問40 **次の説明が正しければ○、間違っていれば×を選びなさい。**

「オリヒメとヒコボシの恋愛物語で有名な七夕伝説。この伝説は、日本で現存する最古の歌集『万葉集』にも、歌の素材として使用されている。」

① ○

② ×

□問41 **賀茂真淵《かものまぶち》らが唱えた、『万葉集』の男性的・雄大な歌風を何という？**

① ますらをぶり　② みやびぶり　③ たおやめぶり　④ しこをぶり

□問42 **次の『万葉集』の注釈書のうち、書かれた時代の異なるものは？**

① 加藤千蔭《かとうちかげ》『万葉集略解《りやくげ》』

② 鹿持雅澄《かもちのまさずみ》『万葉集古義《こぎ》』

③ 契沖《けいちゅう》『万葉代匠記《だいしょうき》』

④ 仙覚《せんがく》『万葉集註釈《ちゅうしゃく》』

□問43　次の説明にあてはまる人物は誰？

「飛鳥時代の歌人。和歌史上の第一人者として崇拝・信仰の対象となり、山部赤人《やまべのあかひと》とともに、後世、「歌《か》聖《せい》」と称された。『小倉百人一首』には「あしびきの　山鳥の尾の　しだり尾の　ながながし夜を　ひとりかも寝む」が入集。」

①　紫式部　②　清少納言　③　高橋虫麻呂《むしまろ》　④　柿本人麻呂

□問44　『万葉集』における代表的な女流歌人・額田王《ぬかたのおおきみ》は、十市皇女《とおちのひめみこ》という女の子を出産した。父親は誰？

①　聖徳太子　②　天智天皇
③　天武天皇　④　聖武天皇

□問45　次のうち歌人・高橋虫麻呂と関係のないものは？

①　万葉集　②　常陸国
③　浦島伝説　④　熊襲《くまそ》

□問46 次の説明が正しければ○、間違っていれば×を選びなさい。

「宝塚歌劇団に花組・月組・雪組と組が増設されたように日本で愛好される「雪月花」のモチーフだが、日本文学における初出は『万葉集』とされている。」

① ○
② ×

□問47 古代、男女が集団で集まり、お互いに求愛の歌をよみあうなどした行事の名前とは？

① 歌合《うたあわせ》　② 連歌《れんが》
③ 歌会《うたかい》　④ 歌垣《うたがき》

□問48 奈良時代編纂とされる日本最古の漢詩文集のタイトルは？

① 凌雲集《りょううんしゅう》　② 懐風藻《かいふうそう》
③ 経国集《けいこくしゅう》　④ 本朝麗藻《ほんちょうれいそう》

□問49　聖徳太子が著したとされる経典の注釈書『三経義疏』。次の中で三経に含まれないものは？

①　般若経　②　法華経　③　維摩《ゆいま》経　④　勝鬘《しょうまん》経

□問50　次の説明が正しければ○、間違っていれば×を選びなさい。

「祝詞《のりと》および宣命《せんみょう》などを表すために用いられた、語幹を大きく書き、用言の活用語尾、助詞・助動詞を小さく万葉仮名で書く表記法を宣命体《せんみょうたい》という。」

①　○

②　×

□問51　上代文学の作品の特徴として、正しいものを次の中から選びなさい。

①　全て漢文体で書かれている

②　一部の作品に平仮名が用いられている

③　『万葉集』は、すべて一字一音の万葉仮名で表記されている

④　漢詩や仏典の影響を受けた表現がみられる

□問52　次の説明が正しければ○、間違っていれば×を選びなさい。
「現代の日本語母音は一般的に「ア・イ・ウ・エ・オ」の五つであるが、平安時代より前の日本語は、六つ以上の母音を持っていたという。」
①　○
②　×

□問53　よい言葉・美しい言葉はサキハヒ（幸）をもたらし、悪い言葉はワザハヒ（禍）をもたらすという、言葉に宿る霊力に対する信仰を何という？
①　魂信仰　②　富士信仰
③　言霊信仰　④　庚申信仰

□問54　二〇一〇年に遷都一三〇〇年を迎えた都といえば？
①　藤原京　②　平城京
③　平安京　④　長岡京

上代〔解答・解説〕

問1…①

問2…③

〔解説〕天武天皇が、舎人《とねり》である稗田阿礼《ひえだのあれ》に『古事記』のもととなるものを読み習わせ、その後元明天皇の代に、天皇の命を受け太安万侶が当時の資料をもとに編纂した。

問3…①

〔解説〕壬申の乱は、大化の改新に関わった天智天皇の死後、天智天皇の弟である大海人皇子《おおあまのみこ》（天武天皇）と、皇太子である天智天皇の息子・大友皇子との間で皇位をめぐりくり広げられた戦い。これに勝利した大海人皇子は即位して、律令体制の整備や皇室の権威強化をはかった。『古事記』編纂も、その一環として構想された事業だと考えられる。

問4…①

〔解説〕日本では、イザナキ・イザナミ、ヤマサチヒコ・トヨタマビメの神話にみられ、昔話の鶴の恩返し、浦島太郎などもよく似た話型を持つ。イザナキは、妻イザナミの禁を破って腐敗した死者としての姿を見たためにイザナミは地上に戻れなくなり、ヤマサチヒコは、妻トヨタマビメがワニの姿になって出産しているところを見たためにトヨタマビメは海の国に帰ってしまう。ギリシアでのオルフェウス・エウリュディケ神話と類似しているので、オルフェウス型神話と分類されることもある。

問5…④

〔解説〕桃は中国では仙木・仙菓と呼んで不老長寿をもたらすものとして親しまれ、日本でも邪気を払う力があると信じられていた。『古事記』ではイザナキが桃に、人々が苦しい時には助けよと命じ、オホカムヅミノミコトという名前を授けたと書かれている。

問6…②

〔解説〕スサノヲの罪を体の一部である髭や爪に移し、それを切り離す事によって、スサノヲの罪を解放しようとしたと考えられている。

問7…④

〔解説〕『古事記』の穀物起源神話はスサノヲがオホゲツヒメを殺害する話となっているが、『日本書紀』では食物神として保食神《うけもちのかみ》、殺害神として月夜見尊《つくよみのみこと》が登場している。保食神殺害に怒った太陽神アマテラスは、月夜見尊に「お前は悪い神だ、もう顔を見たくない」と別離を言い渡す。『日本書紀』の神話は、日月の隔離・昼夜交代の説明と、食物の起源譚とが合わさった形となっている。なお神の死体から食物が生じるという神話はハイヌウェレ型神話と言われ世界各地に存在する。

問8…③

問9…①

〔解説〕出雲は、現在の島根県東部にあたる。数字の八は、数の多いことを表す表現としてよく用いられる（例：八重桜・八百万《やおよろず》など）。

問10…②

〔解説〕スサノヲの意向で、オホナムチは、蛇の部屋に寝かされ、また次の機会には百足と蜂の部屋に寝かされたが、両方ともスサノヲの娘スセリビメから渡された「ひれ（マフラーのようなもの）」の力によって、無事だった。

問11…①

〔解説〕オホナムチは、スサノヲが寝ている間に、琴のみならず大刀と弓矢も持ち帰ろうとした。

問12…③

問13…②

問14…④

〔解説〕景行天皇はヤマトタケルに、「ねぎ（ねぎらい）教えさとしなさい」と命じたが、当のヤマトタケルは兄の手足をもぎとり、筵《むしろ》で包んで投げ捨てて、「ねぎらいました」と報告した。そんなヤマトタケルを恐れた天皇は彼を地方討伐に命じ、そこからヤマトタケルを主人公とする物語が始まってゆく。

問15…①

〔解説〕ヤマトタケルは、景行天皇の王子とされる日本神話における英雄の一人。賊を討伐したその帰り道に、「足が三重に折れ曲がったように、疲れてしまった」と言った事から、発言したその場所が「三重《みえ》」と名付けられた、と伝えられている。

問16…②

〔解説〕大阪府堺市の大鳥神社では、白鳥と化したヤマトタケルが最後に降り立ったところであるとして、ヤマトタケルを主祭神として祀っている。

問17…③

〔解説〕平安時代に中国から「唐菓子」が伝わってくるまでは、「菓子」といえば果物のことであった。この話がもとなって、タヂマモリは現在も「お菓子の神様」として信仰されている。

問18…④

〔解説〕イハノヒメの嫉妬の様子は、古事記に「足もあかに嫉妬しき（皇后は足をばたばたさせるほど嫉妬した）」とあり、その激しさがうかがえる。

問19…②

〔解説〕『日本書紀』は舎人親王らの撰で、七二〇（養老四）年に完成した。神代から持統天皇代までの記事が載録されている。

問20…④

〔解説〕『古事記』は七一二（和銅五）年、『日本書紀』は七二〇（養老四）年の成立、『万葉集』は七五九（天平宝字三）年以降の成立といわれている。『大鏡』は平安時代の歴史物語。

問21…②

〔解説〕『日本書紀』欽明《きんめい》天皇条に、百済《くだら》から釈迦像や経論が贈られたという記事があるが、『古事記』では同様の記録はなく、直接仏教に関する記載は見られない。

問22…④

問23…③

〔解説〕大黒天が、大きな袋を背負った姿で描かれるのは、日本神話の大国主神が、因幡の白ウサギの神話の中で、兄弟の荷物を袋に入れて背負っていたためとされる。

問24…③

問25…①

問26…②

〔解説〕『古事記』は七一二（和銅五）年成立。風土記編纂の命が諸国に下ったと見られるのが七一三年であり、各国の風土記の多くはそれから数年の間に成立したと見られている。『出雲国風土記』の巻末には天平五（七三三）年の署名があり、『古事記』の成立とは約二十年の隔たりがある。

問27…③

問28…①

問29…①

問30…②

〔解説〕『万葉集』と名づけられたのがいつなのか、確かなことは分かっていない。

問31…①

〔解説〕長歌・短歌・旋頭歌・仏足石歌体歌・連歌のほか、漢詩や書翰も収録している。

問32…②

〔解説〕天皇から農民の歌まで掲載されている。

問33…④

〔解説〕「東歌」とは東国地方の歌の意で、東国とは基本的には都よりも東の諸国（具体的には東海道・東山道）のこと。『万葉集』巻十四に収められている歌を指し、東国方言と思われる表現がしばしば使用されている。

問34…②

〔解説〕雄略天皇が正解。天皇は歌の中で、少女に家（身分）と名前をたずねている。古代では名前をみだりに人に教える事はつつしまれており、男性が女性に名前をたずねるという事は、求婚の意志を表す行動であった。

問35…③

問36…④

問37…②

問38…①

問39…③

〔解説〕万葉歌人の高橋虫麻呂も「勝鹿の真間娘子の墓を見る歌」で手児奈を歌っており、現在もゆかりの地（千葉県市川市）には、手児奈を祀る霊神堂が存在する。

問40…①

〔解説〕「天の川楫の音聞こゆ彦星と織女と今夜逢ふらしも（柿本人麻呂）」など、百三十首を超える七夕の歌がある。

問41…①

問42…④

〔解説〕『万葉集註釈』を著した仙覚は鎌倉時代初期の学問僧。加藤千蔭、鹿持雅澄、契沖は江戸時代の人である。

問43…④

問44…③

問45…④

〔解説〕高橋虫麻呂は万葉集に三十四首の歌が収められている歌人で、その内十一首が筑波山など、常陸国に関わりのある歌である。また浦島伝説（浦島子）や菟原処女《うないおとめ》、真間の手児奈など、伝説を題材とした歌も多い。なお、熊襲とは九州南部に本拠地を構え大和朝廷に抵抗した一族。『古事記』『日本書紀』にはヤマトタケルがクマソタケルを征伐する物語がみえる。

問46…①

〔解説〕「雪月花」は、もとは白居易「寄殷協律」の一句「雪月花時最憶君（雪月花の時　最も君を憶ふ）」による語で、自然の美しいものを表す語として日本でことさら愛された。初出は『万葉集』大伴家持の「雪の上に照れる月夜に梅の花折りて贈らむ愛しき児もがも」とされている。『枕草子』のエピソードも有名。

問47…④

問48…②

問49…①

問50…①

問51…④

〔解説〕上代には、かな文字はまだ存在せず、大陸から輸入した漢字を用いて、それまで口から口へと伝えられていた歌や物語などを文字で記録していた。漢字と共に入ってきた漢詩や仏典の表記を用いたり、また『万葉集』でも、漢字を一字一音にあてはめて歌を記したり、助詞・助動詞の文字表記を省略するなど、日本語の表記方法が各方面で模索されていた。

問52…①

〔解説〕上代特殊仮名遣いという。

問53…③

問54…②

〔解説〕七一〇年の平城京遷都は『続日本紀』に記されている。

中古〔練習問題〕

□問1　平安時代、醍醐《だいご》天皇の命によって紀貫之らが編纂した最初の勅撰和歌集とは？

①　後撰《ごせん》和歌集　②　古今和歌集　③　八代集　④　万葉集

□問2　「六歌仙《ろっかせん》」とは、ある作品において「近き世にその名きこえたる人」として言及された六人のことである。さて、六人に言及したその作品とは？

①　古今和歌集　②　俊頼髄脳《としよりずいのう》　③　土佐日記　④　枕草子

□問3　次の作品の中で、作者が男性であるものは？

①　土佐日記　②　十六夜《いざよい》日記　③　更級《さらしな》日記　④　讃岐典侍《さぬきのすけ》日記

□問4　『古今和歌集』仮名序および『土佐日記』の作者である人物は？

①　紀友則《きのとものり》　②　吉田兼好
③　紀之貫　④　紀貫之

□問5　次の説明にあてはまる人物は誰？

「六歌仙ただ一人の女流歌人。絶世の美女として後世数多くの伝説が生まれた。代表歌に「花の色は移りにけりないたづらに我が身世にふるながめせし間に」がある。」

①　紫式部　②　清少納言
③　小野小町　④　かぐや姫

□問6　「梨壺の五人」にかぞえられる人物で、古代の言葉や地名についての辞書『和名類聚抄《わみょうるいじゅうしょう》』をまとめたのは誰？

①　源　順《みなもとのしたごう》　②　源信明《のぶあき》
③　源経信《つねのぶ》　④　源頼政《よりまさ》

□問7　次の説明にあてはまる人物は誰？

「三十六歌仙の一人。伊勢守藤原継蔭《つぐかげ》の女《むすめ》。宇多《うだ》天皇の后に仕え、帝寵をうけて皇子を出産。和歌にも秀で、『古今和歌集』では小野小町を抜いて女流歌人中最多が採られ、後撰・拾遺でも女流中一位。女であるゆえの深い嘆きと美しい言葉は、和泉《いずみ》式部・清少納言・紫式部に影響を与えた。」

①　寂蓮《じゃくれん》　②　額田王　③　中務《なかつかさ》　④　伊勢

□問8　次の説明にあてはまる人物は誰？

「三十六歌仙のひとり。生没年は不詳だが八十歳を越す長寿で、漢学者大江匡衡《まさひら》の妻として子女にも恵まれた。歌人としての生命を生涯絶やさず、『栄花物語』の作者という説もある。」

①　阿仏尼《あぶつに》　②　泉鏡花《いずみきょうか》　③　浅井了意《あさいりょうい》　④　赤染衛門《あかぞめえもん》

□問9　九世紀初頭、唐の影響を受け貴族の間では漢詩文が盛んであった。嵯峨《さが》天皇の命により撰進された最初の勅撰漢詩文集のタイトルは？

①　凌雲集《りょううんしゅう》　②　本朝文粋《ほんちょうもんずい》　③　懐風藻《かいふうそう》　④　菅家文草《かんけぶんそう》

□問10 日本最古の物語で、かなを使った最初の文学といわれる作品とは？

① 風土記 ② 古事記

③ 万葉集 ④ 竹取物語

□問11 『伊勢物語』第二十三段「筒井筒《つついづつ》」の名称で知られる段で、男が河内《かわち》の女に愛想をつかしたのは、河内の女のどんな行動によるもの？

① 男がいないのに念入りな化粧をする

② ぼんやりとひとりで歌を詠む

③ 双六《すごろく》で揉み手をする

④ 自らしゃもじをとって飯をよそう

□問12 最初の歌物語とされている作品のタイトルは？

① 大和《やまと》物語 ② 平中《へいちゅう》物語 ③ 伊勢物語 ④ 竹取物語

□問13　男性主人公の成人から臨終までを、歌と共に語ってゆく『伊勢物語』。その書名の由来として考えられているものは？

①　伊勢斎宮《さいぐう》（巫女を務める内親王）と、禁断の恋におちた

②　物語の舞台が伊勢から始まる

③　主人公の名前にもとづく

④　主人公が伊勢の地で亡くなる

□問14　『伊勢物語』の主人公のモデルといわれる人物は？

①　光源氏　②　在原業平《ありわらのなりひら》

③　紀貫之　④　大伴旅人

□問15　日本で最初の長編作り物語は？

①　落窪《おちくぼ》物語　②　竹取物語

③　うつほ物語　④　源氏物語

□問16 平安時代、グリム童話『シンデレラ』と類似する継子いじめの物語が存在した。そのタイトルとは？

① 落窪物語 ② うつほ物語
③ 大和物語 ④ 狭衣《さごろも》物語

□問17 『落窪物語』は、少将が姫君の元に通う三日目の夜のハプニング、また姫に横恋慕する典薬助《てんやくのすけ》が見舞われた災難などから、作者に特殊な趣向があったといわれている。その趣向とは？

① スカトロジー
② シュールレアリスム
③ ネクロフィリア
④ ロリータコンプレックス

□問18 『源氏物語』五十四帖のうち、最初と最後の巻名の正しい組み合わせは？

① 桐壺～浮舟 ② 桐壺～夢の浮橋
③ 若紫～幻 ④ 若紫～夕霧

□問19 『源氏物語』において、桐壺《きりつぼ》帝の桐壺更衣《こうい》への寵愛は、世間の人々から中国の楊貴妃《ようきひ》になぞらえて批難された。当時、楊貴妃の伝承は何によって受容されていた？

① 長恨歌《ちょうごんか》　② 緑珠伝《りょくしゅでん》
③ 封神演義《ほうしんえんぎ》　④ 三国志

□問20 次にあげる『源氏物語』の主人公・光源氏の子供とされる人物たちの内、光源氏と血がつながっていないのは？

① 夕霧　② 冷泉天皇《れいぜい》
③ 明石中宮《あかしのちゅうぐう》　④ 薫

□問21 『源氏物語』で、光源氏の正妻・葵の上が、生霊《いきりょう》になやまされるきっかけを生んだ祭の名前とは？

① 時代祭　② 賀茂祭《かも》
③ 祇園祭《ぎおん》　④ 住吉祭《すみよし》

□問22 次の説明が正しければ○、間違っていれば×を選びなさい。

「『源氏物語』「葵」巻で六条御息所《ろくじょうのみやすんどころ》は、自分が生霊となって葵の上を苦しめたことに自覚がなく、光源氏に糾弾されてはじめて気づいた。」

① ○
② ×

□問23 『源氏物語』「紅葉賀」巻で、光源氏と頭中将《とうのちゅうじょう》が舞った舞の名称は？

① 蘭陵王《らんりょうおう》
② 青海波《せいがいは》
③ 越殿楽《えてんらく》
④ 迦陵頻伽《かりょうびんが》

□問24 『源氏物語』の主人公・光源氏をめぐる女性たちの中で、物語中、一首の歌も詠まなかった女性は？

① 夕顔
② 紫の上
③ 葵の上
④ 明石の上

□問25　次の説明が正しければ○、間違っていれば×を選びなさい。

「光源氏と藤壺との不義密通の結果誕生した皇子は、のちに冷泉天皇となる。この天皇名は『源氏物語』成立後、実在した天皇の名称に用いられた。」

①　○

②　×

□問26　平安時代、一条天皇の代に「日本紀《にほんぎ》の局」と呼ばれた女性は？

①　紫式部　②　紫の上　③　清少納言　④　和泉式部

□問27　現代でも平安時代の二大才媛として並び称される紫式部と清少納言。紫式部は清少納言に厳しい批判の目を向けているが、それはどのような点においてだった？

①　衣裳や化粧が派手である

②　宮仕えの態度が不真面目である

③　得意げに漢字を書く

④　自分の子供自慢ばかりする

□問28 **次の説明にあてはまる人物は誰？**

「『をかし』の文学精神で知られる『枕草子』の作者。その簡潔な文章の中には、清新な感性と才気があふれる。華やかさで知られる一方、その生涯には謎も多い。」

① 清少納言　② 紫式部　③ 和泉式部　④ 夕顔

□問29 **「春はあけぼの」で知られる『枕草子』が「すさまじきもの」の章段で、興ざめなものとしてあげたもののうち、正しくないものは？**

① 昼に吠える犬
② 春の網代《あじろ》
③ 一、二月に着る紅梅の衣
④ 牛が死んだ牛飼

□問30 **清少納言は誰に仕えていた？**

① 中宮彰子　② 中宮定子　③ 中宮明子　④ 中宮幸子

□問31　次の説明が正しければ○、間違っていれば×を選びなさい。

「恋多き女性として知られる和泉式部は、恋人と死に別れた後、その実弟との恋に落ちた。」

①　○

②　×

□問32　歌人として高名な和泉式部の娘であったがために、男性貴族に「歌合に出す和歌の代作を母上に頼む使者はもう出しましたか？」と揶揄《やゆ》されたが当意即妙に見事な和歌でこたえたのは誰？

①　小式部内侍《こしきぶのないし》　②　清少納言

③　後深草院二条《ごふかくさいんにじょう》　④　伊勢

□問33　次の説明が正しければ○、間違っていれば×を選びなさい。

「藤原道長を中心に藤原氏を賛美しつつ、貴族社会の歴史を編年体で描いた物語は『大鏡』である。」

①　○

②　×

□問34 次の説明が正しければ○、間違っていれば×を選びなさい。

『大鏡』は「四鏡」といわれる四つの鏡物のうち最初に成立した作品であるが、時代としては「四鏡」のなかで二番目に古い時代を扱っている。」

① ○

② ×

□問35 『大鏡』は雲林院《うりんいん》の菩提講《ぼだいこう》において高齢の翁・大宅世継《おおやけのよつぎ》と夏山繁樹《なつやまのしげき》が語った話、という体裁をとっている。歴史の生き証人である翁たちのうち、より年長の大宅世継は雲林院の菩提講当時、何歳だった？

① 八十歳　② 百歳　③ 百九十歳　④ 二百五十歳

□問36 『堤中納言物語《つつみちゅうなごんものがたり》』「虫愛《め》づる姫君」の主人公は毛虫が好き、という風変わりな姫君であるが、姫君の奇行として正しいものはどれ？

① 眉を全部抜いてしまう

② 白い歯を見せて笑う

③ 真っ白に白粉を塗る

④ めったに髪を洗わない

□問37　次の説明が正しければ○、間違っていれば×を選びなさい。

「若君と姫君のジェンダーの逆転を描いた『とりかへばや物語』において、「若君」として男装で出仕していた姫はその素性を隠したまま、女性と結婚をする。」

① ○
② ×

□問38　中古女流日記の先駆ともいわれ、自身の結婚生活を赤裸々に告白した回想的日記のタイトルは？

① 和泉式部日記
② 紫式部日記
③ 蜻蛉《かげろう》日記
④ 枕草子

□問39　次の説明が正しければ○、間違っていれば×を選びなさい。

『蜻蛉日記』の作者の夫は藤原道兼《みちかね》である。」

① ○
② ×

□問40　**次の説明が正しければ○、間違っていれば×を選びなさい。**

「『更級日記』は菅原孝標女《たかすえのむすめ》が十三歳の頃から夫と死に別れる晩年まで、その時々に書き続けた記録の集大成である。」

①　○

②　×

□問41　**『源氏物語』にあこがれ、ようやく手に入れてからはひたすら読みふけった『更級日記』の作者。彼女は『源氏物語』に登場する姫君のうち、誰にあこがれていた？**

①　紫の上　②　玉鬘《たまかずら》　③　明石中宮　④　浮舟《うきふね》

□問42　**次の説明が正しければ○、間違っていれば×を選びなさい。**

「『蜻蛉日記』の作者・藤原道綱母《みちつなのはは》と、『更級日記』の作者・菅原孝標女は、祖母と孫の関係にある。」

①　○

②　×

□問43　源俊頼《としより》が白河院の命を受け、二度の改撰を経て成った第五番目の勅撰和歌集のタイトルは？

① 金葉《きんよう》和歌集
② 後拾遺《ごしゅうい》和歌集
③ 詞花《しか》和歌集
④ 千載《せんざい》和歌集

□問44　次のうち、漢詩と和歌両方を収めているものは？

① 古今和歌集　② 凌雲集
③ 和漢朗詠《わかんろうえい》集　④ 梁塵秘抄《りょうじんひしょう》

□問45　先行する著名な和歌を物語や文章の中に引用すること、また引用された歌を何という？

① 剽窃歌　② 引歌
③ 啓歌　④ 種歌

□問46 「枯《か》る」と「離《か》る」、「世《よ》」と「夜《よ》」などのように、同音の語に異なる二つの意味を持たせ多義的な表現を可能にする修辞法を何という？

① 枕詞　② 序詞　③ 掛詞　④ 副詞

□問47 枕詞の用い方として、適切でないものはどれ？

① くさまくら・旅
② あをによし・奈良
③ ちはやふる・神
④ やくもたつ・伊勢

□問48 芥川龍之介『羅生門』の題材にもなった話を収めた、平安時代の説話集は？

① 今昔《こんじゃく》物語集
② 平家物語
③ 竹取物語
④ うつほ物語

□問49　右大臣時平の讒訴《ざんそ》によって左遷された菅原道真は、その死後、怨霊となって祟りをもたらしたという。道真の霊を鎮めるために、道真を神として祀ったことにはじまる神社は？

①　八幡宮　②　熊野神社
③　稲荷神社　④　天満宮

□問50　平安時代の政治家で、学者・漢詩人としても活躍した菅原道真が関わっていない作品名は？

①　文華秀麗集《ぶんかしゅうれいしゅう》
②　菅家文草《かんけぶんそう》
③　日本三代実録
④　類聚国史《るいじゅうこくし》

□問51　昼間は朝廷に仕え、夜は井戸から地獄に降りて、冥官として閻魔大王の裁判補佐をしていた。という逸話が伝わる人物は？

①　弘法《こうぼう》大師　②　安倍晴明《せいめい》
③　小野篁《たかむら》　④　芦屋道満《どうまん》

□問52 九世紀初頭には漢詩文が隆盛していたが、徐々にやまと言葉で書かれた和歌や物語をはじめとする国風文化が発達する。国風文化の隆盛に最も影響を与えている事柄とは？

① 変体漢文の発明
② かな文字の発明
③ 平安京遷都
④ 風土記の撰進

□問53 通い婚であった平安貴族。女宅から早朝に帰った後、男が届けた恋文「後朝の文」の正しい読みは？

① きぬぎぬのふみ　② ぎぬきぬのふみ
③ きぬきぬのふみ　④ ぎぬぎぬのふみ

□問54 平安時代、「かな文字」に対して漢字は何と呼ばれた？

① 真名　② 美名　③ 優名　④ 唐名

中古〔解答・解説〕

問1…②

〔解説〕 醍醐天皇の勅により編纂され、九〇五（延喜五）年に成立。八代集の第一、勅撰和歌集の始まり（55頁一覧参照）。撰者は紀貫之・紀友則・凡河内躬恒《おおしこうちみつね》・壬生忠岑《みぶのただみね》。

問2…①

〔解説〕『古今和歌集』「仮名序」において貫之が言及した六人の歌人（55頁一覧参照）。だが、その評価内容を見ると決して賞賛しているとはいえない。

問3…①

〔解説〕「男もすなる日記といふものを、女もしてみむとて、するなり」で始まり、女性に仮託して書かれているが、筆者は男性の紀貫之。当時、男性貴族が仮名を書くことは一般的ではなく、日記といえば真名（漢字）で公的な記録を綴るものだった。任地土佐から帰京する道中を和歌を交えつつ綴るには、仮名である必要性があり、また、仮名で綴るには女性に仮託する必要性があったと見られている。

問4…④

問5…③

問6…①

〔解説〕「梨壺の五人」とは村上天皇の命により九五一（天暦五）年、宮中に設置された梨壺の和歌所で、『万葉集』の解読と『後撰和歌集』の編纂に携わった五人のこと。源順は博学で知られ、私家集『源順集』は技巧を凝らした和歌が多い。二十歳代で編纂した『和名類聚抄』は平安時代当時から重用され、江戸時代にも刊本として出版されていた。『うつほ物語』『落窪物語』の作者であるという説、『竹取物語』の作者であるという説もある。

問7…④

問8…④

問9…①

〔解説〕 嵯峨天皇の命により八一四（弘仁五）年、小野岑守《おののみねもり》・菅原清公《すがわらのきよきみ》らによって編纂された日本で最初の勅撰集が『凌雲集』である。唐詩の影響が色濃く、全九十首と後に加えられた一首が現存している。『文華秀麗集』は八一八（弘仁九）年、同じく嵯峨天皇の命により編まれた勅撰漢詩集。『菅家文草』は菅原道真個人の漢詩集。『本朝文粋』は一〇三七（長暦元）年頃、藤原明衡《あきひら》が編纂した私撰集。

問10…④

〔解説〕『源氏物語』において「物語の出で来はじめの祖《おや》」とされているのが『竹取物語』である。他、『大和物語』や『うつほ物語』の中でも言及されており、こうした文献を根拠に「現存最古の作り物語」とされているものの、正確な成立年代は明らかではなく現存する写本も室町時代のものが最古である。『万葉集』巻第十六の長歌に「昔老翁《おきな》有り、竹取《たけとり》の翁《をぢ》といふ。」とあることから、竹取の翁の伝承がかなり古くからあったこと自体は疑いないようである。

問11…④

〔解説〕当時の貴族的価値観では侍女に給仕をさせるべきで、自らしゃもじをとるのはとてもはしたない行為とみなされた。なお、双六で揉み手をしたのは『源氏物語』ではしたない女性として登場する近江《おうみ》の君。

問12…③

問13…①

〔解説〕『伊勢物語』第六十九段が伝えるエピソード。しかしこの説も確定的ではなく、書名にあわせて後代にこの段が増補されたという説もある。

問14…②

〔解説〕業平の和歌を多く収録し、六十五段に業平の異名「在五中将」が見られることから有力視されている。ただ、作中に業平を明確に示す語はなく、業平自身とするとそぐわなくなる和歌やエピソードも見られる。

問15…③

〔解説〕長編としては日本最古であり、『枕草子』や『源氏物語』にも言及されている。琴《きん》の琴《こと》をめぐるストーリーの中、藤原俊蔭《としかげ》一族、貴宮《あてみや》をめぐる求婚、皇位継承問題が描かれる。

問16…①

〔解説〕主人公の姫君が押し込められていた部屋（畳の落ち窪んだみすぼらしい部屋＝落窪）が書名の由来。

問17…①

〔解説〕姫君の元に通う少将は三日目の晩、泥棒に間違われて尿《くそ》の上に座るはめになり、姫を手籠《てご》めにしようとした典薬助は夜の寒さで腹痛を起こして下痢をする。スカトロジー（糞尿趣味）が目立つことは古くから指摘され、著者は不明ながら男性の可能性が高いとされている。

問18…②

問19…①

〔解説〕安史の乱は玄宗皇帝が楊貴妃を寵愛するあまり、国政をおろそかにしたことで勃発したとされる。「長恨歌」は『白氏文集』に収められ、当時ひろく受容されていた。『源氏物語』には長恨歌を踏まえた描写がたびたび登場する。

問20…④

〔解説〕夕霧・明石中宮は公にも光源氏の子供。冷泉帝は源氏と藤壺《ふじつぼ》が密通してできた子供。表向きは桐壺帝の皇子である。薫は公には源氏の次男とされているが、女三宮《おんなさんのみや》と柏木《かしわぎ》が密通してできた子供。源氏はそれに気づいており、柏木は心痛のあまり亡くなった。

問21…②

〔解説〕陰暦四月の中の酉《とり》の日（現在は五月一五日）に行われる京都の下鴨神社・上賀茂神社の祭。通称葵祭。この見物で葵の上と六条御息所の車争いが勃発した。

問22…②

〔解説〕　葵の上を苦しめている生霊を払う目的で、葵の上周辺で焚《た》かれていた芥子《けし》の香りが、自宅から出ていないはずの六条御息所に染み付き、髪を洗っても着物を着替えても消えない。六条御息所は激しい嫉妬のあまり生霊にまでなってしまったこと、そして他ならぬ自分が葵の上を苦しめていることを自覚せざるをえなかった。

問23…②

〔解説〕　舞楽本番が見られない藤壺のため「試楽」（いうなれば予行演習、ゲネ）が催され、光源氏は自分の子を宿した想い人・藤壺の前で青海波の舞を舞った。青海波はふたりで舞う舞であり、頭中将も評判の貴公子であったが、源氏の美しさは際立っていた。

問24…③

〔解説〕　光源氏とは不仲だった年上の正妻・葵の上。源氏に冷たくあたり、物語中和歌を詠む描写が一切ない。

問25…②

〔解説〕　第六十三代天皇が冷泉天皇。紫式部は第六十六代一条天皇の中宮・彰子につかえているため、『源氏物語』成立時には「冷泉院」の名称はすでにあった。

史実の冷泉院は退位後、上皇となって住んだ御所から「冷泉院」と呼ばれるが、このように当時は住んだ場所が院号の由来となることが多く、『源氏物語』の冷泉帝もフィクションでありながら、実在した御所の名称をもちいることにより、よりリアリティをもたされたものと思われる。

問26…①

〔解説〕　一条天皇が『源氏物語』を女房に読ませ、聞いていた際「この作者は『日本書紀』をよく読んでいるに違いない」といったことから、女でありながら漢籍を読む人、という揶揄を込めて「日本紀の局」とあだ名された（『紫式部日記』による）。

問27…③

〔解説〕　『紫式部日記』において「清少納言こそ したり顔にいみじうはべりける人 さばかりさかしだち 真名書き散らしてはべるほども よく見れば まだいと足らぬこと多かり」（利口ぶって漢字を書き散らしているが、よく見れば間違いが多い）と批判し、自らは「一」の字も書けないように装っていたという。

問28…①

問29…③

〔解説〕　紅梅とは表を紅・裏を紫に色合わせした着物のこと。一月から二月にかけて着るので、「一、二月に着る紅梅の着物」では時節にあい、「すさまじきもの」にならない。『枕草子』では「三、四月の紅梅の衣」を時期遅れな「すさまじきもの」にあげている。

問30…②

〔解説〕 清少納言のライバルと言われる紫式部は、同じく一条天皇の中宮である彰子に仕えていた。彰子と定子も藤原摂関家内権力争いにまつわる、ある種のライバル関係である。

問31…①

〔解説〕 『和泉式部日記』は為尊《ためたか》親王と死別し、この世のはかなさを嘆き暮らす女（和泉式部）が、亡き恋人の実弟・敦道《あつみち》親王との恋に落ちていく様を描いた作品である。作中にはふたりが贈答した和歌、一四二首が記されており、いずれも和歌に長じた和泉式部らしい傑作ぞろいである。

問32…①

〔解説〕 「大江山いく野の道の遠ければ まだふみもみず天の橋立」とこたえた和歌は『小倉百人一首』にも載る。掛詞や縁語をたくみに駆使した和歌を即座に読み返したことは小式部内侍の名声を高めることとなった。

問33…②

〔解説〕 『栄花物語』が正解。「編年体」とは年月の順に記す方式である。大鏡は摂関大臣ごとに列伝を綴る「紀伝体」の歴史物語であり、道長の栄華を中心に描いているものの、藤原氏に対して批判的な面も見られる。

問34…①

〔解説〕 『水鏡』が扱っているのが、神武天皇から仁明天皇までで、「四鏡」のうち最古の時代である。

問35…③

〔解説〕 世継自身が「二百九十歳にぞ、今年はなりはべりぬる」といっている。繁樹も「百八十におよびてこそさぶらふめれど」と、百八十歳超の年齢である。

問36…②

〔解説〕 当時は眉を全部ぬいて黛《まゆずみ》をさし、またお歯黒をするのが貴族女性の常識であった。虫愛づる姫君は眉をぬかず、お歯黒もせず、虫を愛して暮らし、他人から揶揄されても自分の信念をつらぬいた。

問37…①

〔解説〕 右大臣の娘・四《し》の君《きみ》の婿にと請われて結婚する。しかし「若君」の友人である宰相中将《さいしょうのちゅうじょう》が四の君と密通してしまい、そこから「若君」の素性を疑われ、ついには「若君」が宰相中将と通じ、懐妊してしまうという事態になる。

問38…③

問39…②

〔解説〕 藤原兼家《かねいえ》が正解。よく作者名として、藤原道綱母といわれるが、藤原兼家室という場合もある。

問40…②

〔解説〕 晩年になってからの回想録であり、今日的な意味での日記ではない。これは『土佐日記』や『蜻蛉日記』なども同様である。

問41…④
〔解説〕「光の源氏の夕顔、宇治の大将の浮舟の女君のやうにこそあらめ」と自分の将来像に夕顔・浮舟を重ね、夢想にふけっている。紫の上や明石の君などにくらべ、地味な彼女たちは中流階級であった『更級日記』の作者にとって手の届く範囲に見えたのかも知れない。

問42…②
〔解説〕孝標女の母が『蜻蛉日記』の作者、道綱母の異母妹にあたる。つまり、孝標女とは伯母・姪の関係。

問43…①
〔解説〕一度目の撰進が受けられなかったのは、内容が古めかしく白河院が気に入らなかったため。

問44…③
〔解説〕『和漢朗詠集』は藤原公任《きんとう》撰。白楽天などの漢詩と、紀貫之らの和歌を収めている。

問45…②

問46…③
〔解説〕小野小町の有名な和歌「花の色はうつりにけりないたづらに我が身よにふるながめせしまに」も、「花の色」が「桜の花の色」と「花のような容色」。「よにふるながめ」が「夜に降る長雨」と「世に経る眺め」。と掛詞が用いられている。

問47…④
〔解説〕多く五音からなり、語調を整える役割も持つ和歌の技法。「やくもたつ」は「出雲」にかかる。他、「ひさかたの・光」「秋津島・大和」などがある。

問48…①
〔解説〕『今昔物語集』は平安末期に成立した説話集。天竺《てんじく》（インド）・震旦《しんたん》（中国）・本朝（日本）の三国の説話を収めている。各話「今ハ昔」と書き出されており、そこから『今昔物語集』という。巻二十九第十八話「羅城門に登り死人を見る盗人の語」から芥川龍之介は『羅生門』を書いているが、展開は異なっている。

問49…④
〔解説〕道真の死後、雷などの天変地異が相次ぎ、道真追放に関与した藤原清貫は落雷によって死亡。道真は雷の神（天神）と目されるようになった。北野天満宮・太宰府天満宮・湯島天満宮などが有名。「天満宮」は「天神様」とも呼び親しまれ、道真が優秀な学者であったことから学問の神様としても信仰をあつめている。

問50…①
〔解説〕『文華秀麗集』は八一八（弘仁九）年成立の勅撰漢詩集。嵯峨天皇の勅、藤原冬嗣ら撰。道真は八四五（承和一二）年の生まれなので、『文華秀麗集』には関われない。

問51…③
〔解説〕『今昔物語集』『宇治拾遺《うじしゅうい》物語』『江談抄《ごうだんしょう》』などに

小野篁が地獄で閻魔大王の補佐をしていた逸話が伝わる。小野篁は漢学者・歌人として人並み外れた学識で知られ、また大変な大男でもあったという。

問52…②

問53…①

〔解説〕「後朝の文」を届けるのが早ければ早いほど、愛情が深いとされていた。

問54…①

〔解説〕『古今和歌集』には平仮名で書かれた「仮名序」と漢文で書かれた「真名序」がある。仮名はその名の通り「仮」の文字であり、公式文書には真名（漢字）が用いられた。

参考

八代集　＊括弧内は勅宣または、院宣を出した天皇・上皇

- 古今和歌集　二十巻　（醍醐天皇）
- 後撰和歌集　二十巻　（村上天皇）
- 拾遺和歌集　二十巻　（花山院）
- 後拾遺和歌集　二十巻　（白河天皇）
- 金葉和歌集　十巻　（白河院）
- 詞花和歌集　十巻　（崇徳院）
- 千載和歌集　二十巻　（後白河院）
- 新古今和歌集　二十巻　（後鳥羽院）

六歌仙　＊括弧内は『古今和歌集』「仮名序」紀貫之による批評

- 僧正遍昭《そうじょうへんじょう》
「歌のさまは得たれども、誠《まこと》少なし。たとへば、絵に描《か》ける女《をうな》を見て、徒《いたづら》に心を動かすがごとし。」
- 在原業平
「その心余りて、言葉足らず。萎《しぼ》める花の、色無くて、匂《にほ》ひ残れるがごとし。」
- 文屋康秀《ふんやのやすひで》
「言葉は巧みにて、そのさま身に負はず。言はば、商人《あきひと》の、よき衣《きぬ》着たらむがごとし。」
- 喜撰法師《きせんほうし》
「言葉微《かす》かにして、始め終《をは》り、確かならず。言はば、秋の月を見るに、暁の雲に、遭《あ》へるがごとし。」
- 小野小町
「あはれなるやうにて、強からず。言はば、よき女の、悩めるところあるに似たり。強からぬは、女の歌なればなるべし。」
- 大伴黒主《おおとものくろぬし》
「そのさま、卑《いや》し。言はば、薪《たきぎ》負へる山人の、花の陰《かげ》に休めるがごとし。」

中世〔練習問題〕

□問1　『新古今和歌集』編纂の勅命を出した上皇は？

①　後白河《ごしらかわ》上皇　②　二条《にじょう》上皇　③　後鳥羽《ごとば》上皇　④　堀河《ほりかわ》上皇

□問2　藤原定家が理想とし、『新古今和歌集』にみられる歌風とは？

①　有心《うしん》　②　風雅《ふうが》　③　幽玄《ゆうげん》　④　幽寂《ゆうじゃく》

□問3　次の説明が正しければ○、間違っていれば×を選びなさい。

「『新古今和歌集』で、最多の歌が入集しているのは撰者の一人・藤原定家である。」

①　○

②　×

□問4　次の説明が正しければ○、間違っていれば×を選びなさい。

『新古今和歌集』の撰者であり、『源氏物語』や『土佐日記』の書写・注釈でも知られる藤原定家は、自分でも認める悪筆だった。」

①　○

②　×

□問5　次の説明にあてはまる人物は誰？

「俗名、佐藤義清《よしきよ》。二十三歳で出家し、以後、没年までの五十年を旅して暮した。花と月を愛し仏道信仰に生きた風流僧として人々に愛される。家集に『山家集《さんかしゅう》』がある。」

①　西行《さいぎょう》　②　鴨長明《かものちょうめい》　③　井原西鶴《いはらさいかく》　④　良寛《りょうかん》

□問6　歌人としてよく知られている僧・西行だが、出自は武士であった。出家の際の逸話として『西行物語』などに伝わる西行が我が子にとった行動とは？

①　最後の贅沢をさせた

②　殺してしまった

③　縁側から蹴り落とした

④　剃髪《ていはつ》の刃を髪に入れさせた

□問7　次の説明にあてはまる人物は誰？

「藤原俊成の孫娘で、中世初期に活躍した恋歌の名手。定家らを輩出した和歌の名家に生まれ、後鳥羽院歌壇に颯爽と登場し、戦乱の世を歌に生きた。『無名草子《むみょうぞうし》』の作者という説もある。」

①　藤原清輔《きよすけ》　②　藤原俊成女

③　藤原定家　④　菅原孝標女

□問8　『新古今和歌集』撰者の一人として知られる飛鳥井《あすかい》家の始祖・雅経《まさつね》は、鎌倉三代将軍実朝《さねとも》と別の点でも親交が深かった。「〔　〕長者」ともよばれた雅経の才能とは？

①　蹴鞠《けまり》　②　琵琶《びわ》

③　猿楽《さるがく》　④　香道

□問9　『小倉百人一首』をかるたで遊ぶ際に役立つ、一字決まりの歌の頭字《かしらじ》を集めた暗記用の文言は次のうちどれ？

①　娘房《ふさ》干せ　②　浅き夢見し　③　人並みにおごれや　④　西向く侍《さむらい》

□問10　関東で勢力を広げ「新皇《しんのう》」と名のり、承平天慶《じょうへいてんぎょう》の乱で討たれた。この人物を中心に描く軍記物のタイトルは？

①　将門記《しょうもんき》　②　義経記《ぎけいき》
③　太平記《たいへいき》　④　土佐日記

□問11　貴族から武士へ政権がうつるきっかけともなった、崇徳《すとく》上皇と後白河天皇の兄弟争いを描いた軍記物のタイトルは？

①　将門記　②　保元《ほうげん》物語
③　平治《へいじ》物語　④　承久《じょうきゅう》記

□問12　次の説明が正しければ○、間違っていれば×を選びなさい。

「親子仲がきわめて険悪であったという鳥羽・崇徳親子。鳥羽天皇が崇徳天皇を厭った理由は、崇徳が鳥羽の実子ではなく、関白・藤原忠実《ただざね》の子供であったからだという。」

①　○
②　×

□問13　保元の乱後の恩賞をめぐって藤原信頼《のぶより》と藤原信西《しんぜい》は対立を深める。信頼は源氏と、信西は平家と手を結び、再度、乱が勃発した。平家全盛の契機となるこの乱を中心に描いた軍記物のタイトルは？

① 源平闘諍録《とうじょうろく》　② 平治物語

③ 源平盛衰記《じょうすいき》　④ 平家物語

□問14　「祇園精舎《ぎおんしょうじゃ》の鐘の声」ではじまる、ある一門の繁栄から没落までを描いた物語は？

① 平家物語　② 源氏物語

③ 大鏡　④ 方丈記《ほうじょうき》

□問15　『平家物語』は誰の語りによって広められた？

① 白拍子《しらびょうし》　② 琵琶法師

③ 山法師　④ 伝教大師《でんきょう》

□問16 次の説明が正しければ○、間違っていれば×を選びなさい。

「政治の実権を握った平清盛は平家への讒言や謀反を企むものを取り締まるため、「禿《かむろ》」を都に放ったが、この禿は真っ赤な衣裳で一目でそれと分かる姿であったという。」

① ○
② ×

□問17 『平家物語』に登場するある人物に因《ちな》んで、無賃乗車をすることを「薩摩守《さつまのかみ》」という。その「薩摩守」の官職にあったものとは誰？

① 敦盛《あつもり》　② 忠度《ただのり》
③ 重衡《しげひら》　④ 師長《もろなが》

□問18 屋島《やしま》の戦いで、平家が提示した扇の的を見事に矢で射抜いた人物とは？

① 源義経　② 巴御前《ともえごぜん》
③ 源範頼《のりより》　④ 那須与一《なすのよいち》

□問19　『平家物語』の作者を「信濃禅師行長《しなののぜんじゆきなが》」であるという説を載せる作品は？

①　徒然草《つれづれぐさ》　②　方丈記

③　枕草子　④　古事談《こじだん》

□問20　「弁慶の立ち往生」を描いた作品とは？

①　吾妻鏡《あずまかがみ》　②　源氏物語

③　義経記　④　源平盛衰記

□問21　平家討伐に大きな功績を残しながら、兄・頼朝との不和により奥州で自刃《じじん》した義経。その悲劇的人生は多くの同情を集め、義経を題材とする作品や伝説が多く作られたが、このように弱者に肩入れすることを義経の官職にちなんで「〔　　〕贔屓《びいき》」という。当てはまる語は？

①　判官　②　大夫　③　大将　④　北面

□問22 藤原呈子《しめこ》の雑仕女《ぞうしめ》採用にあたり、都で千人の美女をあつめた中でも、一番の美女であったという女性は、常盤《ときわ》御前という。さて、この常盤御前は誰の母親となった？

① 源義朝 ② 平清盛 ③ 源義経 ④ 平維盛《これもり》

□問23 源頼朝をして「日本国第一の大天狗」といわしめた人物による、流行歌謡・今様《いまよう》を集めた作品集のタイトルは？

① 和漢朗詠集《わかんろうえいしゅう》 ② 閑吟集《かんぎんしゅう》 ③ 梁塵秘抄《りょうじんひしょう》 ④ 龍鳴抄《りゅうめいしょう》

□問24 次の説明にあてはまる人物は誰？

「源平争乱と平家滅亡によって愛する人を失い、その人を一途に思い続けることを生涯の意義として守り続けた女性。平資盛《すけもり》との悲恋を中心とした長大な詞書《ことばがき》を持つ歌日記を書いた。」

① 菅原孝標女 ② 和泉式部
③ 紫式部 ④ 建礼門院右京大夫《けんれいもんいんうきょうのだいぶ》

□問25　次の説明にあてはまる人物は誰？

「頼朝の子で鎌倉幕府三代将軍。二十八歳で公暁《くぎょう》に斬られ、非業の死を遂げた。北条氏の策謀と圧力の中で不遇の日々を過ごすが、鎌倉歌壇では君臨し、歌を定家に学び、家集の『金槐《きんかい》和歌集』などに秀歌をのこした。」

①　源実朝　　②　仙覚
③　源　順《したごう》　　④　平清盛

□問26　鎌倉時代に成立した歌集『金槐和歌集』にみられる歌風として正しいものは？

①　万葉調　　②　古今調
③　新古今調　　④　京極《きょうごく》調

□問27　平安末期から鎌倉時代にかけて生き、関白にまで上りつめた九条兼実《くじょうかねざね》が四十年にわたって綴った日記のタイトルは？

①　土佐日記　　②　玉葉《ぎょくよう》
③　御堂関白記《みどうかんぱくき》　　④　明月記《めいげつき》

□問28 次の説明が正しければ○、間違っていれば×を選びなさい。

「天台座主《ざす》・慈円《じえん》が著した史論書『愚管抄《ぐかんしょう》』の中で重視されている歴史概念は「道理」である。」

① ○

② ×

□問29 鎌倉幕府初代将軍・源頼朝から、第六代将軍・宗尊《むねたか》親王までの歴史を、編年体で記述した歴史書の名前は？

① 太平記　② 吾妻鏡　③ 増鏡　④ 神皇正統記《じんのうしょうとうき》

□問30 四鏡のうち二番目に成立した『今鏡』は、『大鏡』に登場する翁の血縁者によって語られた話という形式をもつ。語り手として正しいのは？

① 大宅世継の孫

② 夏山繁樹の姪

③ 藤原道長の末裔

④ 夏山繁樹の曾孫

□問31　次の説明が正しければ○、間違っていれば×を選びなさい。

『曾我物語』といえば曾我兄弟による仇討の物語であるが、兄弟の名前は兄が十郎、弟が五郎である。」

① ○

② ×

□問32　足利尊氏《あしかがたかうじ》の執事として権力を奮った高師直《こうのもろなお》。師直は『太平記』中で、横恋慕した若妻への恋文をある人物に代筆させている。その人物とは？

① 二条良基《よしもと》　② 世阿弥《ぜあみ》

③ 吉田兼好　④ 竹田出雲《いずも》

□問33　次の説明にあてはまる人物は誰？

「序段「つれづれなるままに……」で始まる柔軟で知的な人生論を、晩年の著作『徒然草』に展開する。歌人・随筆家・評論家・能書家でもある。」

① 鴨長明　② 世阿弥

③ 吉田兼好　④ 道元《どうげん》

□問34 次の説明が正しければ○、間違っていれば×を選びなさい。

『徒然草』五十三段「これも仁和寺《にんなじ》の法師」で法師は茶壺をかぶったまま抜けなくなった。」

① ○

② ×

□問35 日本三大随筆のひとつで、作者が日野山に一丈四方の広さの庵を結んで著したという作品は？

① 徒然草　② 方帖記

③ 然徒草　④ 方丈記

□問36 『方丈記』の作者・鴨長明が味わった挫折とはどのような内容だった？

① 神社の跡目争いに敗れた

② 詠んだ和歌が勅撰集に入らなかった

③ 蹴鞠で鞠をなくした

④ 演奏中に琵琶が壊れた

□問37　「こぶとりじいさん」「舌切りすずめ」など、昔話として知られる話も収めている鎌倉時代の説話集は？

①　竹取物語　　②　うつほ物語

③　落窪物語　　④　宇治拾遺物語《うじしゅうい》

□問38　次の説明が正しければ○、間違っていれば×を選びなさい。

「各話「今ハ昔」ではじまる説話集は『古今著聞集《ここんちょもんじゅう》』である。」

①　○

②　×

□問39　次の説明が正しければ○、間違っていれば×を選びなさい。

『竹取物語』作者の可能性がある一人としても知られる紀長谷雄《きのはせお》は、鬼と双六で勝負し、見事に勝ったという伝承がある。」

①　○

②　×

□問40 『十六夜日記《いざよいにっき》』の作者・阿仏尼《あぶつに》が京都から鎌倉まで下った理由は？

① 夫から逃れるため
② 敵討ちのため
③ 訴訟のため
④ 出家のため

□問41 後深草院《ごふかくさいん》の寵愛をはじめ、数々の愛人との恋愛遍歴を赤裸々に描いた、後深草院二条による自伝的作品のタイトルは？

① とはずがたり
② 蜻蛉日記
③ 成尋阿闍梨母集《じょうじんあじゃりのははしゅう》
④ たまきはる

□問42 次の説明が正しければ○、間違っていれば×を選びなさい。

「『歎異抄《たんにしょう》』は親鸞《しんらん》が書き著したものである。」

① ○
② ×

□問43　日蓮宗《にちれんしゅう》の開祖・日蓮が撰述し北条時頼《ときより》に渡した意見文章のタイトルは？

①　歎異抄　②　往生要集《おうじょうようしゅう》

③　立正安国論《りっしょうあんこくろん》　④　正法眼蔵《しょうぼうげんぞう》

□問44　次の説明が正しければ○、間違っていれば×を選びなさい。

「臨済《りんざい》宗の開祖・栄西《えいさい》は、お茶を飲む習慣を日本に紹介した人物でもある。」

①　○

②　×

□問45　北畠親房《ちかふさ》が『神皇正統記』において、南朝《なんちょう》側に正統性があることを主張した根拠として正しいものはどれ？

①　後白河院の院宣《いんぜん》により即位した

②　三種の神器を持っている

③　伊勢神宮の神託があった

④　朝廷において現在執政している

□問46 次にあげる『源氏物語』の女性たちの中で、現在、能のタイトルとなっていないのは？

① 夕顔 ② 葵上
③ 若紫 ④ 浮舟

□問47 世阿弥が室町時代に完成させた芸能とは？

① 歌舞伎 ② 能
③ 文楽 ④ 浪花節《なにわぶし》

□問48 世阿弥が、亡父・観阿弥《かんあみ》の教えをもとに著した日本最古の演劇論ともいうべき、能楽の理論書のタイトルは？

① 風姿花伝 ② 風刺花伝
③ 風詩歌伝 ④ 楓紫花伝

□問49　能楽で主人公を演じる役者を何と呼ぶ？

①　アイ　②　ツレ　③　ワキ　④　シテ

□問50　狂言「附子《ぶす》」において、「附子という猛毒が入っているから近づくな」と主人がいいおいた桶の中には砂糖が入っていた。主人の留守中にその砂糖を食べてしまった太郎冠者《かじゃ》と次郎冠者は、その後、どんな行動に出た？

①　主人が大切にしている壺と掛け軸を壊してしまう
②　ふたりで責任を押し付け合って大げんかをする
③　実は附子は遅効性の毒で、ふたりは苦しみはじめる
④　附子と見た目がよく似たものを作ろうと画策する

□問51　南北朝期に大成した、和歌を五七五（長句）と七七（短句）に分け、複数の人間でつけ続けていく連作のことを何という？

①　連句《れんく》　②　俳諧《はいかい》　③　今様《いまよう》　④　連歌《れんが》

□問52 室町期の僧であり、連歌師として『ささめごと』『老いのくり言』などを著した人物は？

① 心敬《しんけい》　② 高山宗砌《そうせつ》

③ 二条良基　④ 世阿弥

□問53 森鷗外の『山椒大夫《さんしょうだゆう》』は中世の説経節《せっきょう》「山椒太夫」をもとに書かれた作品である。いくつかの改変がされているが、次の中から説経節「山椒太夫」と鷗外の『山椒大夫』に共通するエピソードはどれ？

① 「逃亡を企てる話を盗み聞きされ、額に焼印を押される」という夢をみる

② 安寿《あんじゅ》は美しい黒髪を切られてしまう

③ 厨子王《ずしおう》を逃がした安寿は入水自殺をする

④ 成長した厨子王は山椒太夫に下人を解放させ、山椒太夫もいっそう栄えた

□問54 「ものぐさ太郎」、「一寸法師」などよく知られた昔話なども含む、室町時代に成立した絵入りの短編物語を何と呼ぶ？

① 御伽草子《おとぎぞうし》　② 仮名草子

③ 浮世《うきよ》草子　④ 枕草子

中世〔解答・解説〕

問1…③

〔解説〕一二〇一（建仁元）年、後鳥羽上皇の勅により、源通具《みちとも》・藤原有家《ありいえ》・同定家・同家高・同雅経《まさつね》らが撰進した、八代集の最後を飾る歌集。本歌取り・初句切れ・三句切れ・体言止めなどが「新古今調」の特徴とされている。

問2…①

問3…②

〔解説〕入集数最多は西行の九十四首。西行は撰者ではなく、また定家とは対極的な歌風である。これは『新古今和歌集』が一律的な和歌観からなるものではないことを示しているといえる。

問4…①

〔解説〕『明月記』一二三二（寛喜三）年八月七日条に『伊勢物語』を書写し終えた、とあり、自分の字を「其の字、鬼の如し（鬼のような字だ）」と評している。その一方、「落字なきを以て悪筆の一得となす（書き損じが無いことが、汚いなりの一得だ）」という自負もうかがえる。この極めて個性的な定家の筆跡は、室町時代、冷泉為和《ためかず》によって復活し「定家様《ていかよう》」として流行する。

問5…①

問6…③

問7…②

問8…①

〔解説〕飛鳥井流蹴鞠の祖とされる。将軍実朝が蹴鞠を愛好したことは鎌倉幕府の公式文書『吾妻鏡』からもうかがえる。

問9…①

〔解説〕む…村雨の 露もまだ干ぬ 槙の葉に 霧立ちのぼる 秋の夕暮【寂蓮法師】／す…住の江の 岸による浪 よるさへや 夢の通い路 人目よくらむ【藤原敏行朝臣】／め…廻り逢ひて 見しやそれとも わかぬ間に 雲がくれにし 夜半の月かな【紫式部】／ふ…吹くからに 秋の草木の しをるれば むべ山風を 嵐といふらむ【文屋康秀】／さ…寂しさに 宿を立ち出でて 眺むれば いづこも同じ 秋の夕暮【良暹法師】／ほ…ほととぎす 鳴きつる方を 眺むれば ただ有明の 月ぞ残れる【後徳大寺左大臣】／せ…瀬を早み 岩にせかるる 滝川の われても末に 逢はむとぞ思う【崇徳院】

問10…①

〔解説〕平将門の乱（承平天慶の乱）を描いている。

問11…②

〔解説〕保元の乱を描いた物語である。作者は不詳。『保元物語』は、鳥羽院の寵姫・美福門院《びふくもんいん》得子《なりこ》が院をそそのかしたことに、乱のきっかけがあるとしている。権力者を翻弄する、美貌の悪女・得子の伝承はのちに妖狐・玉藻前《たまものまえ》のモデルとされた。

問12…②
〔解説〕祖父・白河院の子供だと思っていた。鳥羽天皇の正妻である待賢門院璋子《たいけんもんいんたまこ》はもともと、鳥羽の祖父・白河院の寵姫であった。璋子と白河院の関係は鳥羽天皇との婚姻後も続き、生まれた子が崇徳である。つまり、鳥羽天皇から見て、本来なら祖父の子である崇徳は自分の「叔父」にあたるとして「叔父子」と呼び、忌み嫌っていた（『古事談』より）。

問13…②
〔解説〕平治の乱を描いた物語である。作者は不詳。

問14…①

問15…②

問16…①
〔解説〕『平家物語』によると禿髪（肩までで切りそろえた童子の髪型）で、赤い直垂《ひたたれ》を着用し、宮中でさえ自由に出入りしていたという。スパイというよりは、制服の警察官のように見た目でも分かる圧力として存在したのだろう。

問17…②
〔解説〕薩摩守忠度《さつまのかみただのり》（平清盛の異母弟）。「ただのり」の読みのおかげで不名誉な意味を背負わされてしまったが、『平家』の忠度は文武に通じた悲劇の英雄。

問18…④
〔解説〕『平家物語』巻第十一「那須与一」が伝える話。見事に射抜いた与一をたたえて平家の武者が舞を舞うが、義経の命により与一はこれも射殺す。源氏と平家の違いが克明に浮かび上がる場面でもある。

問19…①
〔解説〕『徒然草』第二二六段が伝える話。学問に優れた人物として知られる行長は、ある時、天皇の前で「七徳の舞」のうちふたつを忘れて恥をかいた上、「五徳の冠者」と不名誉なあだ名までつけられてしまう。恥じ入るあまり世を捨てて学問を捨てるが、慈円に拾われそして作ったのが『平家物語』である。という。

問20…③

問21…①
〔解説〕読みは「ほうがんびいき」。木曽義仲追討の褒賞として義経が後白河院から与えられた官職・検非違使尉の別名が「判官《はんがん》」（音便でほうがん）であることによる。この官職を鎌倉の許可無く得たことも、頼朝の不信を買う一因であった。

問22…③
〔解説〕常盤御前は義朝の愛妾となり、平治の乱で義朝が討たれた後、三人の子供を連れて雪の中を逃亡した。そのときまだ乳飲み子であった末子がのちの義経であると伝えられる。義経同様、母の常盤にも様々な伝承があり、子供を助けるために清盛の妾になったとも伝えられている。

問23…③
後白河法皇による撰。後白河法皇は平家・義仲・義経の武家勢力を利用しながら、都合が悪くなると追討を命じ、ついには頼朝追討の院宣を出した。頼朝の追及に「天魔の所為」と弁明するも頼朝はその院宣を出したものこそ「日本国第一の大天狗」と言い放った。

問24…④

問25…①

問26…①

問27…②

〔解説〕『土佐日記』は紀貫之による日記文学。『御堂関白記』は藤原道長、『明月記』は藤原定家。『玉葉』は九条兼実が一一六四（長寛二）年から綴った公私にわたる記録であり、『吾妻鏡』とともに源平の合戦から鎌倉時代初期の状況を知る有益な資料である。

問28…①

〔解説〕神武天皇から順徳天皇までを扱った、日本で最初の史論書。貴族から武士への政権の変遷を、末法思想と道理によって解釈している。

問29…②

問30…①

〔解説〕大宅世継の孫を名乗る老女の語り、という体をとっている。内容も『大鏡』の後をうけ、後一条天皇から高倉天皇までとなっている。

問31…①

〔解説〕兄は曾我十郎祐成《じゅうろうすけなり》、弟は曾我五郎時致《ごろうときむね》。なお、弟の「五郎」は「御霊《ごりょう》」と音が通じる。親の仇討ち後、殺害された兄と処刑された弟は、御霊信仰の対象となり祀られた。

問32…③

問33…③

問34…②

〔解説〕法師がかぶったものは鼎《かなえ》。金属製または土製の容器で食べ物を煮るのに用いた。多くは三つ足で、現在でも「鼎立《ていりつ》」といえば三つ（の勢力など）が立つこと、「鼎談《ていだん》」といえば三人での話し合い、と用いられている。

問35…④

問36…①

〔解説〕長明は下鴨神社禰宜《ねぎ》の次男。河合社《ただすのやしろ》の禰宜職を望んでいたが、跡目争いに敗れ神職としての出世の道を閉ざされた。世をはかなんで出家した後も、将軍実朝の和歌の相手役を望むがまたしてもかなわず、隠遁して『方丈記』を著した。

問37…④

問38…②

〔解説〕『今昔物語集』が正解。『古今著聞集』は説話集でありながら、歴史書を補う目的で編纂されたという。収録した説話を歴史的事実として扱っているため、話の冒頭は元号と年月日からはじまる。

問39…①
〔解説〕『長谷雄草紙絵巻』が伝える逸話。勝負に勝った長谷雄は鬼から「百日間はふれてはいけない」という条件のもと、美女を得る。しかし、耐えかねた長谷雄が八十日を過ぎる頃女を抱くと、女は水となって流れてしまった。
問40…③
〔解説〕夫・藤原為家《ためいえ》の亡き後、息子為相《ためすけ》のために遺された領地をめぐって先妻の子為氏《ためうじ》との間に領有権争いが勃発する。『十六夜日記』は、母・阿仏尼が鎌倉幕府の判断を求め六十歳近い身で、鎌倉へと向かった結果、生まれた作品である。母は強し。
問41…①
〔解説〕「誰に問われるでもなく語る」という意味を持つ。
問42…②
〔解説〕親鸞の死後、弟子によって書かれたもの。親鸞の教えとは異なるものを伝える弟子が多いことを嘆いている。作者説として、唯円・如信・覚如があげられている。
問43…③
問44…①
〔解説〕著作『喫茶養生記』が有名である。
問45…②
〔解説〕北朝には偽物の神器を渡したとする。
問46…③

問47…②
問48…①
〔解説〕『風姿花伝』は世阿弥の亡父・観阿弥の教えを元に世阿弥が体得した芸の道について述べている。「秘すれば花なり」の名言も、観阿弥の遺言である。
問49…④
問50…①
〔解説〕壺と掛け軸を壊した後、ふたりで大泣きをする。帰宅した主人が、壊れた壺と掛け軸、泣いているふたりをみて事情を問うと「ご主人様が大切にしている壺と掛け軸を壊してしまった。死んでお詫びをしようと附子をなめたが、ちっとも死ねない」という。
問51…④
問52…①
問53…②
〔解説〕森鷗外は説経節をもとに『山椒大夫』を書いたが、残酷な部分はほとんど削除しており、創作上の困難から逃れるため「歴史離れ」をしたと本人が述懐している(『歴史其儘と歴史離れ』)。説経節では、逃亡を企てた姉弟は実際に焼印を押され、厨子王を逃した安寿は拷問死し、成長した厨子王は山椒太夫に残酷な復讐をする。
問54…①

近世〔練習問題〕

□問1　俳諧を連歌《れんが》から独立させ、近代俳諧の基盤となる「貞門《ていもん》」を築いた人物は？

①　松永貞徳《まつながていとく》　②　西山宗因《そういん》

③　松尾芭蕉《まつおばしょう》　④　与謝蕪村《よさぶそん》

□問2　次の説明にあてはまる人物は誰？

「伊賀上野の出身。俳諧師として江戸に暮らすものの、大火で庵を焼失して以来、一所不住を志し、行脚と庵住を繰り返しながら蕉風を樹立した。後世の人びとに「俳聖」とあがめられた人物。」

①　与謝蕪村　②　松尾芭蕉

③　山崎宗鑑《そうかん》　④　松永貞徳

□問3　芭蕉俳諧の理念の一つで、荒々しいものでも優しく、太い感じのものでも細くしなやかに整っている句の姿を何という？

①　わび　②　さび　③　しをり　④　ほそみ

□問4　次の説明にあてはまる人物は誰？

「長崎生まれ。儒医の次男。師風に忠実で焦門《しょうもん》随一の人格者として芭蕉の信頼と同門の衆望を集め、実情実感を重んじ高雅静寂の詩境を愛した。蕉門の発句《ほっく》・連句集『猿蓑《さるみの》』の編集にたずさわる。」

①　松尾芭蕉　②　小林一茶　③　井原西鶴　④　向井去来《きょらい》

□問5　日本古典で、いわゆる「三景」とは？

①　松島《まつしま》・厳島《いつくしま》・天橋立《あまのはしだて》

②　松島・富士山・天橋立

③　厳島・富士山・天橋立

④　松山・厳島・天橋立

□問6　井原西鶴が活躍したことでも知られる、自由奔放な俳風の談林《だんりん》派を確立したのは？

①　松永貞徳　②　北村季吟《きぎん》　③　西山宗因　④　松尾芭蕉

□問7　浮世草子《うきよぞうし》の作者として知られる井原西鶴は、談林派の俳諧でも活躍し、多くの句を作ることを目的とする矢数《やかず》俳諧では一昼夜での最高記録を打ち立てた。さて、西鶴は何句詠んだ？

①　五百句　②　二千百九十二句

③　一万一千百十一句　④　二万三千五百句

□問8　一人の男性の好色生活を描いた『好色一代男』の作者は？

①　井原西鶴　②　山東京伝《さんとうきょうでん》　③　十返舎一九《じっぺんしゃいっく》　④　式亭三馬《しきていさんば》

□問9　『好色一代男』の主人公・世之介《よのすけ》は物語でどのようなラストを迎えた？

①　世の無常を知り、出家した

②　将軍の側室に手を出し、討たれた

③　女ばかりの島「女護が島」へ出発し、行方不明になった

④　好色を改め、妻子とつつましく暮らした

□問10　「八百屋お七」こと「恋草からげし八百屋物語」（『好色五人女』）で、お七の死を知った恋人・吉三郎はお七の墓前で自害しようとするも周囲に説得され、とうとう思いとどまる。吉三郎が思いとどまった理由として正しいものは？

①　お七が「後を追うな」と遺言したから

②　年老いた両親がいるから

③　墓前を血で穢してはお七が成仏できないから

④　同性愛の恋人がいたから

□問11　井原西鶴の著作で、大晦日の町人たちに焦点をあてた作品のタイトルは？

①　世間胸算用《せけんむねさんよう》　②　日本永代蔵《にっぽんえいたいぐら》　③　本朝二十不孝《ほんちょうにじゅうふこう》　④　西鶴置土産《さいかくおきみやげ》

□問12　井原西鶴の『好色一代男』などの作品以前に、浅井了意《りょうい》、鈴木正三らによって書かれ出版された、江戸時代の庶民向けの読みものとは？

①　浮世草子　②　仮名草子　③　洒落本《しゃれぼん》　④　読本《よみほん》

□問13　近世初期、ポルトガル人宣教師たちが日本語を学ぶために、キリシタン版・天草版などと言われる印刷物が刊行された。ローマ字表記で刊行され、現在も大英図書館に所蔵されている軍記物とは？

①　平家物語　②　義経記　③　太平記　④　伊曾保《いそほ》物語

□問14　次の説明にあてはまる人物は誰？

「浄瑠璃を執筆する傍ら歌舞伎とも関わり、坂田藤十郎《とうじゅうろう》主演の歌舞伎に力を注ぐが、再び浄瑠璃に回帰し、世話浄瑠璃・時代浄瑠璃にも数々の名作を残した。竹本座の座付作者・統率者。代表作に「曽根崎心中《そねざきしんじゅう》」「心中重井筒《かさねいづつ》」「冥土《めいど》の飛脚」などがある。」

①　近松門左衛門《ちかまつもんざえもん》　②　竹本義太夫《ぎだゆう》　③　井原西鶴　④　紀海音《きのかいおん》

□問15　心中《しんじゅう》物の浄瑠璃・歌舞伎として知られる「曽根崎心中」において、お初と、縁の下に潜んだ徳兵衛とはどのようにして心中の決意を伝えあった？

①　文を縁の下に落とす
②　お初が自分の指を切って血で文字を滴らせる
③　お初の足を徳兵衛の喉にあてる
④　言葉の端々にふたりにしか分からない暗号をこめる

□問16 「心中天《てん》の網島《あみじま》」「生玉《いくたま》心中」などの大流行により、実際に心中してしまう男女が増え、幕府から心中禁止令が出されるほどであった。次にあげる創作の男女のうち、心中をしなかったのはどの組み合わせ？

① お初《はつ》・徳兵衛《とくべえ》　② 梅川《うめがわ》・忠兵衛《ちゅうべえ》
③ お染《そめ》・久松《ひさまつ》　④ お夏・清十郎《せいじゅうろう》

□問17 元禄期の上方で理想とされた理念で、官能に溺れず、人情の機微《きび》を察し、適切に物事に対処していることを何と呼ぶ？

① 粋《すい》　② さび
③ わび　④ をかし

□問18 江戸時代、能楽は武家の式楽として将軍や大名たちにも演じられたが、現代とは異なる名称が用いられていた。その名称とは？

① 狂言《きょうげん》　② 幸若舞《こうわかまい》
③ 催馬楽《さいばら》　④ 猿楽《さるがく》

□問19　次の説明が正しければ○、間違っていれば×を選びなさい。

「歌舞伎が現代に伝わる形になるまでの変遷は、若衆《わかしゅ》歌舞伎→阿国《おくに》歌舞伎→野郎《やろう》歌舞伎の順である。」

① ○
② ×

□問20　次の説明が正しければ○、間違っていれば×を選びなさい。

「歌舞伎の語源は、人並みはずれた異様なふるまいをすることを意味する動詞「かぶく」である。」

① ○
② ×

□問21　歌舞伎における男女の恋愛などの写実的な演技・演出を何と呼ぶ？

① 和事　② 優事
③ 艶事　④ 実事

□問22 江戸歌舞伎に特徴的な、怪力勇猛な武人や鬼神などを荒々しく誇張した「荒事《あらごと》」で演じられる役とは?

① 義経　② 静御前

③ 市川團十郎　④ 弁慶

□問23 次の説明が正しければ○、間違っていれば×を選びなさい。

「源平の争いは歌舞伎の題材として多く取り上げられているが、いわゆる「敦盛の最期」を取り上げた「一谷嫩軍記《いちのたにふたばぐんき》」通称「熊谷陣屋《くまがいじんや》」では、敦盛は殺されない展開となっている。」

① ○

② ×

□問24 初代は荒事を創始、七代目はお家芸「歌舞伎十八番」を制定、そして現代まで続く歌舞伎役者の名跡とは?

① 尾上《おのえ》菊五郎　② 市川左團次《さだんじ》

③ 市川團十郎　④ 中村勘九郎

□問25　頼朝の怒りをかい奥州に逃れる義経一行の様相は能や歌舞伎に戯曲化されている。歌舞伎で、安宅《あたか》の関守・富樫《とかし》をあざむくために弁慶がとった行動は、あたかも原稿を読んでいるようでありながら実は即興であることを示す慣用句にもなった。では、歌舞伎での演目タイトルとは？

①　勧進帳《かんじんちょう》　②　義経千本桜《せんぼんざくら》　③　御曹司島渡《おんぞうししまわたり》　④　腰越状《こしごえ》

□問26　二代目竹田出雲・三好松洛・並木千柳《せんりゅう》による合作で、上演すれば必ず大入り満員になることから「歌舞伎の独参湯《どくじんとう》」とも呼ばれる作品はどれ？

①　仮名手本《かなでほん》忠臣蔵
②　菅原伝授手習鑑《すがわらでんじゅてならいかがみ》
③　伽羅先代萩《めいぼくせんだいはぎ》
④　義経千本桜《せんぼんざくら》

□問27　江戸時代の草双紙《くさぞうし》のうち、大人向けの内容を持つものは？

①　赤本　②　黒本　③　青本　④　黄表紙

□問28 次のうち『雨月物語《うげつものがたり》』に収められたタイトルとして正しいものは？

① 蛇蝎の淫　② 浅茅が原

③ 青頭巾　④ 菊花の役

□問29 江戸時代後期に大坂で活躍した読本作者・上田秋成《あきなり》による怪異小説のタイトルは？

① 雨月物語　② 東海道四谷怪談

③ 椿説弓張月《ちんせつゆみはりづき》　④ 番町皿屋敷

□問30 朱子学、歴史学、地理学、言語学、文学と多岐にわたって活躍した新井白石《はくせき》は幼い頃から類まれな才能をもつ神童であり、また努力を怠らない人であった。白石が九歳の頃、どのように学問に励んでいたか、自著『折《おり》たく柴《しば》の記』が伝えるエピソードは次のうちどれ？

① 眠気ざましに水をかぶって勉強した

② 蛍を集めて勉強のための明かりとした

③ 父の使いにでかけるときも、背中に荷物を背負いつつ、『論語』を読みふけった

④ 覚えた漢詩は紙を破って食べてしまった

□問31　次の説明にあてはまる人物は誰？

「南画《なんが》の大家であり、俳画の創始者。画道の「去俗論」を導入した。日本・中国の古典や史実をなかだちに非現実的な世界の美を浪漫的に描いた。俳人としても知られ、代表作には『新花摘《しんはなつみ》』『夜半楽《やはんらく》』がある。」

① 松尾芭蕉　② 小林一茶《いっさ》　③ 二人比丘尼《びくに》　④ 与謝蕪村

□問32　江戸時代に流行した詩の形式で、五七五の音を持ちながら、季語や切れ字などの制約もなく、口語で自在に読み上げたものを何という？

① 俳諧　② 連句　③ 川柳《せんりゅう》　④ 狂歌《きょうか》

□問33　和歌と同じ形式を持つが、優雅な和歌に対して滑稽・諧謔な内容で寛政の改革への批判にも用いられた。この歌を何という？

① 長歌　② 俗歌　③ 狂歌　④ 変歌

□問34 次の中、同一人物の筆名ではないものは？

① 大田南畝《なんぽ》　② 四方赤良《よものあから》
③ 百鬼園先生《ひゃっきえん》　④ 蜀山人《しょくさんじん》

□問35 北村季吟《きぎん》が著した『源氏物語』の注釈書のタイトルは？

① 源氏物語玉の小櫛《たまのおぐし》　② 解体新書《かいたいしんしょ》
③ 古事記伝　④ 源氏物語湖月抄《こげつしょう》

□問36 賀茂真淵《かものまぶち》が著した『万葉集』の注釈書のタイトルは？

① 万葉集新考　② 万葉新考
③ 万葉考　④ 万葉集考

□問37　随筆『玉勝間《たまかつま》』や古典研究書『古事記伝』を著した、江戸後期の国学者は？

①　契沖《けいちゅう》　②　本居宣長《もとおりのりなが》

③　賀茂真淵　④　荷田春満《かだのあずままろ》

□問38　次の説明が正しければ○、間違っていれば×を選びなさい。

「洒落本・滑稽本・読本《よみほん》など、総称して読み物を「戯作《げさく》」とよぶが、戯作の開祖とされているのは平賀《ひらが》源内《げんない》である。」

①　○

②　×

□問39　次の説明にあてはまる人物は誰？

「神田八丁堀に住む弥次郎兵衛・喜多八の二人連れが、東海道を見聞しながら伊勢参詣、京・大坂にいたるまでの滑稽な失敗や、狂歌の即吟、各地の風俗、奇聞などを方言を交えて綴る『東海道中膝栗毛《ひざくりげ》』の作者。洒落本の発禁、低迷の状況で本格的な滑稽本の第一作となった。」

①　平賀源内　②　式亭三馬　③　為永春水《ためながしゅんすい》　④　十返舎一九

□問40　鋳鉄製の風呂釜を直火で暖めて入浴する五右衛門風呂。おのずと風呂釜は高温になるが、その入り方を知らずに底をぶち抜いてしまった話が載るのは次のうちどれ？

①　南総里見八犬伝
②　東海道中膝栗毛
③　偐紫田舎源氏《にせむらさきいなかげんじ》
④　雨月物語

□問41　原稿料のみで生計を立てることができた、つまり日本で最初の「職業作家」になった人物は？

①　井原西鶴
②　曲亭馬琴《きょくていばきん》
③　柳亭種彦《りゅうていたねひこ》
④　式亭三馬

□問42　次の説明が正しければ〇、間違っていれば×を選びなさい。

『南総里見八犬伝』の作者・曲亭馬琴は晩年失明したが、『八犬伝』は自筆で最後まで書き続けた。」

①　〇
②　×

□問43　次の説明に当てはまる作品のタイトルとは？

「曲亭馬琴が歴史物語として最初に取り組んだ作品。三島由紀夫によって歌舞伎化もされている。」

①　南総里見八犬伝　②　春の雪

③　椿説弓張月《ちんせつゆみはりづき》　④　卒塔婆《そとば》小町

□問44　次の説明が正しければ○、間違っていれば×を選びなさい。

「レンタルビデオ・ＤＶＤ・ＣＤ・書籍などの大手「ＴＳＵＴＡＹＡ」は、江戸時代の版元「蔦屋重三郎《つたやじゅうざぶろう》」の子孫が経営している。」

①　○

②　×

□問45　次の説明が正しければ○、間違っていれば×を選びなさい。

「「東海道四谷怪談」の作者として知られる鶴屋南北《つるやなんぼく》は四代目南北であり、先代まで、鶴屋南北の名跡を名乗る者は役者であった。」

①　○

②　×

□問46 「東海道四谷怪談」はある人気芝居の外伝という体裁をとっている。その演目のタイトルは?

① 仮名手本忠臣蔵　② 妹背山婦女庭訓《いもせやまおんなていきん》

③ 曾根崎心中　④ 京鹿子娘道成寺《きょうがのこむすめどうじょうじ》

□問47 「東海道四谷怪談」でおなじみのお岩さんのお墓は、現在どこにある?

① 四谷　② 千葉

③ 巣鴨　④ 品川

□問48 次の説明が正しければ○、間違っていれば×を選びなさい。

「柳亭種彦の長編『偐紫田舎源氏』は未完で終わっている。」

① ○

② ×

□問49　次の説明にあてはまる人物は誰？

「江戸後期の俳人。小農的ないこじな性格と強い自我はその生の軌跡と深く関わり、その大胆な俗語や方言の使用、独特な季語の扱いなどは真情表出のために不可欠な手法だった。代表作に『七番日記』『おらが春』などがある。」

①　向井去来　　②　西山宗因

③　小林一茶　　④　北村季吟

□問50　西洋解剖医学書『ターヘル・アナトミア』を『解体新書』として刊行するまでの苦労を書き綴った『蘭《らん》学事始《がくことはじめ》』。その中で翻訳の苦労としてあげられるオランダ語「フルヘッヘンド」は身体のどこの部位を示していた？

①　腕　　②　爪

③　横隔膜　　④　鼻

□問51　江戸時代、国文学や国史に関わる書籍を集め『群書類従《ぐんしょるいじゅう》』を編纂した盲目の人物とは？

①　本居宣長　　②　新井白石

③　塙保己一《はなわほきいち》　　④　荷田春満

□問52 江戸時代、越後魚沼の出身の鈴木牧之《ぼくし》が、雪の結晶のスケッチ、雪国の風俗・くらし・方言・産業・奇譚などを豊富な挿絵とともに記した、雪国大百科ともいうべき書のタイトルは？

① 雪国大全　② 北越雪譜
③ 越後雪抄　④ 越雪叢書

□問53 江戸時代に作られた歌舞伎の演目は現代でも人気が高い。次のうち、江戸時代に生まれ幕末から明治維新以降も活躍した歌舞伎の作者は？

① 竹田出雲　② 並木《なみき》宗輔《そうすけ》
③ 河竹黙阿弥《もくあみ》　④ 岡本綺堂《きどう》

□問54 大ベストセラーとなった齋藤孝著『声に出して読みたい日本語』の一番目に登場する「知らざあ言って聞かせやしょう」は、河竹黙阿弥作「青砥《あおと》稿《ぞうし》花《はなの》紅彩画《にしきえ》」、通称「白浪五人男」の誰の台詞？

① 日本駄右衛門《にっぽんだえもん》　② 弁天小僧菊之助《べんてんこぞうきくのすけ》
③ 忠信利平《ただのぶりへい》　④ 赤星十三郎《あかぼしじゅうざぶろう》

近世〔解答・解説〕

問1…①
問2…②
問3…③
問4…④
問5…①
問6…③
〔解説〕 松永貞徳は貞門。松尾芭蕉は蕉門。季吟は貞門の俳人でもあった。
問7…④
問8…①
問9…③
問10…④
〔解説〕 美少年の吉三郎には年来の恋人がいた。僧たちに「長年ねんごろにした兄分に暇乞いをした上で」と諭され、自害を思いとどまる。その後、お七の母のとりなしで、吉三郎は出家。また吉三郎の兄分も出家したとして、物語は結ばれる。
問11…①
〔解説〕 選択肢はいずれも西鶴の作品。『日本永代蔵』は『世間胸算用』同様に「町人物」に分類され、金持ちがいかにして成功したかを描く。『本朝二十不孝』は中国の「二十四孝」をもじった題名で、二十人の親不孝者の話。『西鶴置土産』は没後の遺稿。
問12…②
問13…①
問14…①
問15…③
〔解説〕 通常、文楽の女人形には足がないが、この場面のためにお初の人形には足がある。
問16…④
〔解説〕 「お初・徳兵衛」は「曾根崎心中」、「梅川・忠兵衛」は「冥途の飛脚」（「恋飛脚大和往来《こいびきゃくやまとおうらい》」）、「お染・久松」は「新版歌祭文《しんぱんうたざいもん》」。「お夏・清十郎」は『好色五人女』の一編「姿姫路《すがたひめじ》清十郎物語」。お夏と清十郎は駆け落ちをするが、清十郎のみが捕らえられ無実の罪で刑死。その後、お夏は発狂する。
問17…①
問18…④
〔解説〕 明治維新により存亡の危機を迎えた猿楽を守るため、明治一四年に「能楽社」が設立された。以降、能楽ということばが広く用いられるようになる。
問19…②
問20…①
〔解説〕 阿国歌舞伎→若衆歌舞伎→野郎歌舞伎の順が正解。
問21…①

〔解説〕「わごと」と読む。超越的な力を持つ武人や鬼神などの豪快で荒々しい演技・演出を「荒事《あらごと》」、分別ある人物による写実的な演技を「実事《じつごと》」という。

問22…④

〔解説〕「勧進帳」の弁慶は荒事の代表的な役である。歌舞伎独特の化粧である隈取《くまどり》や誇張した衣裳で、超人的な力を示している。義経も超人的な武将だが、歌舞伎では美男子に造形されており荒事の役ではない。静御前は女性なので荒事では演じない。市川團十郎は荒事を創始した歌舞伎役者の名跡で、役名ではない。

問23…①

〔解説〕「熊谷陣屋」では敦盛は後白河院の落胤《らくいん》という設定になっている。源氏にとっても殺すわけにはいかない人物となるため、義経は密かな命を熊谷に送り、それを察した熊谷はわが子の首を敦盛の首といって差し出す。世をはかなんだ熊谷は出家をして、幕となる。

問24…③

〔解説〕当代は十二代目。近年フリーアナウンサーの小林麻央と結婚した市川海老蔵は、十二代目團十郎の長男である。

問25…①

問26…①

〔解説〕「独参湯」は気付《きつけ》の漢方薬で、かつて万病に効くといわれた。不況や不人気で、劇場が経営不振に陥ったときにも上演すれば必ず客が入ることから「仮名手本忠臣蔵」を「歌舞伎の独参湯」というようになった。

問27…④

〔解説〕表紙でおよそのジャンルが分かるようになっていたという。黄表紙では恋川春町《こいかわはるまち》の『金々先生栄花夢《きんきんせんせいえいがのゆめ》』が代表作として挙げられる。

問28…③

〔解説〕「蛇性《じゃせい》の淫」「浅茅《あさじ》が宿《やど》」「菊花《きっか》の約《ちぎり》」が正しいタイトル。美しい女に化けた蛇と交わる「蛇性の淫」、夫を待っていた妻…と思いきや、その妻はすでに亡き人であった「浅茅が宿」、会う約束を果たすために自殺して魂を飛ばした「菊花の約」、愛する稚児《ちご》を失い人喰いとなった阿闍梨《あじゃり》を描く「青頭巾」。

問29…①

問30…①

〔解説〕日中に三千字、夜に千字の習字を日課としていた。夜の手習いで眠気をもよおしたときの対策に、二桶の水を用意し、眠たくなると着物を脱ぎ水をかぶって課題を果たしたという。

問31…④

問32…③

問33…③

問34…③
〔解説〕 江戸時代の戯作者、狂歌作者として知られる大田南畝は四方赤良、蜀山人、寝惚先生、などの筆名を使っていた。百鬼園は、近代の小説家・内田百閒《うちだひゃっけん》の別号。
問35…④
〔解説〕 『源氏物語玉の小櫛』『古事記伝』は本居宣長、『古事記伝』はその名の通り『古事記』の注釈である。『解体新書』はオランダの医学書『ターヘル・アナトミア』の翻訳で杉田玄白・前野良沢らが手がけた。
問36…③
問37…②
問38…①
〔解説〕 エレキテルの発明で知られる平賀源内は多彩な人物で、他にも本草学者・医者・蘭学者・画家として知られる。俳諧・談義本・人形浄瑠璃などで筆を執った。
問39…④
問40…②
〔解説〕 五右衛門風呂は、水面に浮かべてある底の大きさと同じ底ブタを足で沈めながら入る。それを知らなかった「弥次さん喜多さん」の、喜多さんこと喜多八はトイレ用の下駄をはいて風呂に入る。下駄を履いたまま立ったり座ったりしているうちに、底をぶち抜いてしまった、という話。なお、ドラム缶風呂も同じく底が高温になるため、スノコを沈めて入らなければならない。
問41…②
〔解説〕 西鶴は俳諧師として俳句の添削で生計をたて、柳亭種彦はもともと直参《じきさん》の旗本、式亭三馬は薬屋を営みながら執筆活動をしていた。なお、馬琴の名前として書籍やテレビなどではたびたび「滝沢馬琴」というクレジットがされるが、馬琴本人は「滝沢馬琴」という筆名を用いたことはない。
問42…②
〔解説〕 息子の嫁・路に筆記してもらっていた。このことに妻・百は嫉妬し、もとより夫婦仲のよくない馬琴と百の関係はさらに悪化。ことあるごとに百と路は衝突し、ついには妻・百が家を出た。
問43…③
〔解説〕 強弓と武勇で知られる源為朝《ためとも》（鎮西八郎《ちんぜいはちろう》）を主人公にすえた勧善懲悪の作品。為朝は『保元物語』にも登場する。
問44…②
〔解説〕 「蔦屋にあやかろう」という心意気で命名されたもので、血縁関係はない。
問45…①
〔解説〕 初代から三代目までは道化方《どうけがた》の役者。三代目の娘婿が通常「南北」として知られている存在で、業績が突出しているため「大南北」ともいう。

問46…①

〔解説〕「お岩さん」こと「岩」は塩冶判官《えんやはんがん》（浅野内匠頭《あさのたくみのかみ》に相当）の塩冶藩（赤穂《あこう》藩に相当）藩士の娘という設定。岩の婿・伊右衛門《いえもん》が恋慕する梅は高師直《こうのもろなお》（吉良上野介《きらこうずけのすけ》に相当）家臣の孫娘。江戸時代当時は「忠臣蔵」と交互に上演された。一九九四年に松竹が映画化した「忠臣蔵外伝　四谷怪談」（主演・高岡早紀）はかなり忠臣蔵の世界が色濃いストーリー展開となっている。

問47…③

〔解説〕お岩は実在したモデルがいる。その菩提寺である妙行寺が、明治四二年に四谷から西巣鴨に移転したことで、お岩の墓も西巣鴨となった。なお、「四谷怪談」を上演する際にお参りすべきとされる「お岩稲荷」は四谷にある。

問48…①

〔解説〕千部も売れればベストセラーという江戸で一万部も売れたというほど人気を博した『偐紫田舎源氏』だが、水野忠邦による天保の改革で筆禍にあう。それに意気消沈したのか、数ケ月後に未完のまま種彦は没した。

問49…③

問50…④

〔解説〕杉田玄白、八十三歳の手記。まったく新しい学問であった蘭学は、一行のオランダ語を訳すのに丸一日を費やすほどであった。例えば、ある日、鼻の項目で「フルヘッヘンドしているものである」とあったがその意味が分からない。小さな辞書をたよりにすると「木の枝を切った跡はフルヘッヘンドをなし、庭掃除をすると塵や土が集まってフルヘッヘンドする」とある。ますます混迷する中、ようやく顔面で「うず高く」なっているもの、つまり鼻の特徴を示す語だと気づく。

問51…③

問52…②

〔解説〕「ほくえつせっぷ」と読む。これまで前例のない内容に、なかなか刊行に応じる版元がなく紆余曲折を経たものの、刊行後はベストセラーとなった。五年後には第二編も刊行されている。

問53…③

問54…②

〔解説〕白浪とは盗賊のこと。弁天小僧は娘に化けて浜松屋に乗り込むも、途中で男と見破られ啖呵を切る。「知らざあ言って聞かせやしょう。浜の真砂《まさご》と五右衛門が、歌に残せし盗人《ぬすっと》の、種は尽きねえ七里ガ浜…」と七五調の流麗な台詞である。

古典〔模擬試験〕

／80問

★64問正解で合格

□問1　『古事記』の編纂を行った太安万侶は、誰の命を受けてこれを行った？

①　天武天皇　②　元明天皇　③　聖武天皇　④　冷泉天皇

□問2　日本最古の歴史書と伝えられる『古事記』の成立に関わっていない人物は？

①　中臣鎌足　②　天武天皇　③　太安万侶　④　元明天皇

□問3　天の石屋戸に隠れてしまったアマテラスを呼び出すために、アメノウズメが神がかった様子で舞を披露した。それを見た八百万の神々がとった行動とは？

①　笑った　②　歌った　③　怒った　④　泣いた

□問4　スサノヲに退治された「ヤマタノヲロチ」という怪物は最後にその正体が明かされる展開になっている。その正体とは？

①　蛇　②　龍　③　イグアナ　④　鰐《わに》

□問5 セヤダタラヒメの容貌が大変美しかったため、一目で心奪われたオホモノヌシノ神。赤く塗った矢に姿を変え、セヤダタラヒメに会いに行くが、彼女が何をしているときを狙った？

① 寝ているとき ② 食事をしているとき

③ 大便をしているとき ④ 化粧をしているとき

□問6 次の説明が正しければ○、間違っていれば×を選びなさい。

「『続日本紀』とは、奈良時代に舎人親王らが編纂した、神代から持統天皇までの日本の歴史書である。」

① ○

② ×

□問7 現存する五つの「風土記」の中に含まれていないものは？

① 出雲国風土記 ② 伊勢国風土記 ③ 播磨国風土記 ④ 肥前国風土記

□問8 『万葉集』を最終的に編纂したとされる人物は？

① 大伴家持 ② 大伴旅人 ③ 柿本人麻呂 ④ 神武天皇

□問9　『万葉集』には約何首の歌が掲載されている？

①　約四百首　②　約八百首　③　約三千五百首　④　約四千五百首

□問10　次の説明が正しければ○、間違っていれば×を選びなさい。

「奈良時代の成立で、長歌・短歌などがおさめられている日本最古の歌集は『古今和歌集』である。」

①　○

②　×

□問11　『万葉集』は、七五九（天平宝字三）年正月によまれた「新しき年の初めの初春の今日降る雪のいやしけ吉事」の一首で終わっている。この歌の作者は？

①　聖武天皇　②　大伴家持　③　柿本人麻呂　④　在原業平

□問12　『万葉集』歌人・大伴旅人の子は誰？

①　人麻呂　②　憶良　③　諸兄　④　家持

□問13 **次の説明が正しければ○、間違っていれば×を選びなさい。**

『万葉集』に「草壁皇子挽歌」「近江荒都歌」や、妻を失った悲しみを詠んだ「泣血哀慟歌」などが載る宮廷歌人は山部赤人である。」

① ○

② ×

□問14 **次の説明にあてはまる人物は誰？**

「斉明朝から持統朝に活躍した、代表的な女流万葉歌人。天智・天武天皇に愛され運命的な恋を鮮やかに歌ったが、長歌三首、短歌九首を残すのみである。」

① 額田王　② 小野小町　③ 伊勢　④ 中務

□問15 **古代日本で行われた、山野や海岸に男女が集まり歌を掛けあって求愛や求婚をする行事を何という？**

① 野宴　② 歌垣　③ 歌合　④ 歌寄

□問16 **聖徳太子が著したという経典の注釈書『三経義疏』の正しい組み合わせとは？**

① 般若経・理趣経・観音経　② 大蔵経・法華経・涅槃経

③ 華厳経・金剛経・一切経　④ 法華経・維摩経・勝鬘経

□問17　祝詞および宣命などを表すために用いられた、語幹を大きく書き、用言の活用語尾、助詞・助動詞を小さく万葉仮名で書く表記法とは？

①　和漢混交体　②　口語体　③　漢語体　④　宣命体

□問18　次の説明が正しければ○、間違っていれば×を選びなさい。

「言霊信仰とは、よい言葉・美しい言葉はサキハヒ（幸）をもたらし、悪い言葉はワザハヒ（禍）をもたらすという、言葉に宿る霊力に対する信仰のことである。」

①　○

②　×

□問19　『古今和歌集』の編纂・成立に関わっていない人物は？

①　在原業平　②　凡河内躬恒　③　醍醐天皇　④　紀貫之

□問20　「男もすなる日記といふものを、女もしてみむとて、するなり」ではじまる作品のタイトルは？

①　土佐日記　②　蜻蛉日記　③　紫式部日記　④　更級日記

□問21 『竹取物語』でかぐや姫につきつけられた無理難題によってひとりは命を落としてしまった。命を落とした貴公子はかぐや姫にどんな宝物を要求されていた?

① 蓬萊の玉の枝　② 火鼠の皮衣　③ 龍の頸の玉　④ 燕の子安貝

□問22 平安朝物語文学の一様式であり、和歌を中心として構成された短編物語を何と呼ぶ?

① 和歌物語　② 叙情詩　③ 抒情歌物語　④ 歌物語

□問23 次のうち、『源氏物語』より早くに成立した物語はどれ?

① 浜松中納言物語　② 落窪物語　③ 春雨物語　④ とりかへばや物語

□問24 『源氏物語』「葵」巻で、生霊になって葵の上を取り殺した六条御息所は、自らが生霊となってしまったことを、何によって知った?

① 六条御息所の生霊を見た光源氏に糾弾された
② 占いによって予言されていたことと状況があまりに一致し、自覚せざるを得なかった
③ 葵の上が死霊となって六条御息所に恨みを述べ、知らせた
④ 葵の上を苦しめる生霊の調伏に使われた香りが自分についていた

□問25 『源氏物語』の登場人物の中で、生まれつき体からよい匂いを身に帯びていたとされる人物は？

① 藤袴　② 匂宮　③ 薫　④ 花散里

□問26 次の説明が正しければ○、間違っていれば×を選びなさい。

「平安時代、中宮定子は「日本紀の局」と呼ばれた。」

① ○

② ×

□問27 紫式部は誰に仕えていた？

① 中宮彰子　② 中宮定子　③ 中宮明子　④ 中宮幸子

□問28 次の説明にあてはまる人物は誰？

「妖艶な恋歌と奔放な恋愛遍歴で知られる。和歌という三十一文字の世界に溢れる情念を取り込み、芳醇な抒情の歌を生み出した。敦道親王との恋を内容とする自叙伝ふうの作品は、百四十余首の贈答和歌を中心に展開。記述される内容が二人の関係だけに限定され、それ以外は意識的に削除している。」

① 紫式部　② 菅原孝標女　③ 和泉式部　④ 清少納言

□問29 藤原道長を中心に、貴族社会の歴史を編年体で描いた作品とは？

① 大鏡　② 藤袴　③ 水鏡　④ 栄花物語

□問30 『蜻蛉日記』の作者の夫にあたる人物は？

① 藤原兼家　② 藤原道長　③ 菅原道綱　④ 藤原道兼

□問31 『源氏物語』ばかりを読みふけっていた『更級日記』の著者は、ある日夢の中で「法華経五の巻をとく習え」と僧にいわれる。『法華経』の第五巻が指定された理由は？

① 最後の巻であり、全巻のまとめでもあるから

② 女性の極楽往生が説かれている巻だから

③ 怠け者は地獄に堕ちることが説かれている巻だから

④ 実は存在しない巻であり、夢は魔物のまやかしだったから

□問32 『更級日記』を著した、菅原孝標女と血縁関係にあるのはどの作品の作者？

① 蜻蛉日記　② 枕草子　③ 源氏物語　④ 和泉式部日記

□問33　次の説明が正しければ○、間違っていれば×を選びなさい。

「安倍晴明が人間の父と狐の母の間に生まれた、という説はすでに平安時代の『大鏡』や『今昔物語集』において語られていた。」

①　○

②　×

□問34　歌人が一堂に会して左右に分かれ、題目に合わせて歌を詠み、その優劣を競う行事を何という？

①　競歌　②　歌合戦　③　題詠歌　④　歌合

□問35　「奈良」にかかる「青丹よし」、「旅」にかかる「草枕」など、和歌などで特定の言葉を喚起するために、その言葉の直前に置かれる。多く五音からなり、語調を整える役割も持つ和歌の技法を何という？

①　懸詞　②　形容詞　③　枕詞　④　序詞

□問36　『今昔物語集』の説話として収められているのは、日本（本朝）・中国（震旦）と、あともう一つどこの国？

①　モンゴル　②　インド　③　ペルシャ　④　ロシア

□問37 説話の収録数が現存最多であり、各話「今ハ昔」の冒頭を持つ説話集とは？

① 今昔物語集　② 宇治拾遺物語　③ 十訓抄　④ 古今著聞集

□問38 平安貴族の結婚は、新枕から三日連続して通うことで成立するとされていた。三日目の晩、めでたく新郎新婦となったふたりの寝所に用意された食べ物とは？

① 卵　② 餅　③ にんにく　④ 砂糖菓子

□問39 『新古今和歌集』で、最多数の和歌が入集した人物は？

① 藤原定家　② 後鳥羽天皇　③ 九条兼実　④ 西行

□問40 『新古今和歌集』編纂の勅命を出した後鳥羽院は、最期をどこで迎えた？

① 京都　② 熊野　③ 隠岐　④ 尾張

□問41　**次の説明が正しければ○、間違っていれば×を選びなさい。**

「僧侶である西行はあるとき、人恋寂しさのあまり人骨から人間をつくろうとしたが、失敗した。」

①　○

②　×

□問42　**『小倉百人一首』の説明として間違っているものは？**

①　百人の歌が一首ずつ収められている　②　小倉亭という山荘で生まれた

③　選者は藤原定家である　④　恋の歌が最も多い。

□問43　**保元の乱の一因となる、崇徳の皇子をさしおいた後白河天皇の即位について、『保元物語』は鳥羽法皇の寵姫による法皇への示唆があった、と語る。のちに妖狐・玉藻前のモデルともなったこの女性とは誰？**

①　小野小町　②　美福門院得子　③　桐壺更衣　④　建礼門院徳子

□問44　**次の説明が正しければ○、間違っていれば×を選びなさい。**

「保元の乱に敗れた崇徳天皇は讃岐に配流され、恨みのあまり生きながら天狗になったと言われている。」

①　○

②　×

□問45 『平家物語』で白河院が述べたという「天下の三不如意」こと、三つの自分の意志ではどうにもならないものの正しい組み合わせは？

① 我が子の早死、自分の老化、比叡山の山法師
② 日宋貿易の関税、わが子の早死、双六のサイコロ
③ 賀茂河の水流、双六のサイコロ、比叡山の山法師
④ 双六のサイコロ、若妻の心、日宋貿易の関税

□問46 平家追討を目論んだ「鹿ケ谷の陰謀」で鬼界ヶ島に流され、同時に流された二人が赦免されるも一人だけ取り残されたある人物の逸話は、『平家物語』や歌舞伎の「平家女護島」などでも知られている。その人物とは？

① 祇王　② 俊寛　③ 弁慶　④ 文覚

□問47 次の説明が正しければ〇、間違っていれば×を選びなさい。

「清盛の息女に仕え、平家の御曹司との思い出を歌に綴った女性は阿仏尼である。」

① 〇　② ×

□問48 鎌倉将軍・右大臣実朝による家集のタイトルは？

① 金塊和歌集　② 金槐和歌集　③ 金魂和歌集　④ 金鬼和歌集

□問49 『小倉百人一首』に入集。天台座主。九条兼実の弟。これら全てに当てはまる人物は？

① 慈円　② 日蓮　③ 親鸞　④ 道元

□問50 日本三大随筆とよばれる作品のうち、最も新しい時代に成立した作品の著者は誰？

① 吉田兼行　② 吉田兼好　③ 鴨長明　④ 鴫長明

□問51 『徒然草』五十三段「これも仁和寺の法師」で法師がかぶったまま抜けなくなったものとは？

① 鼎　② 茶壺　③ 木魚　④ 鉢

□問52 出家し隠遁生活を送りながらも鴨長明が狙った立場とは？

① 神社の宮司　② 斎院の琵琶の師範

③ 将軍の和歌の相手役　④ 比叡山延暦寺の座主

□問53 浄土真宗の祖・親鸞。彼の死後、その教えが誤って伝わることを嘆いた弟子によりまとめられた、「善人なほもちて往生をとぐ。いはんや悪人をや」の一節を含む仏教書のタイトルとは？

① 往生要集　② 歎異抄　③ 教行信証　④ 選択集

□問54 次の説明が正しければ○、間違っていれば×を選びなさい。

「能楽の舞台では正面にハシゴがかかっている。」

① ○
② ×

□問55 世阿弥が大成した能楽論集『風姿花伝』において、「秘すれば花なり」の名言は誰のことばとされている？

① 足利義満　② 足利義持　③ 観阿弥　④ 世阿弥

□問56 『義経記』によると義経は山伏姿に扮して奥州に逃れたという。途中、義経一行の正体を見破られそうになったとき、弁慶が堂々と偽の勧進帳を読み上げ、義経を打ちすえたという逸話を能楽にしたタイトルは？

① 土蜘蛛　② 船弁慶　③ 安宅　④ 八島

□問57 『菟玖波集』『新撰菟玖波集』などの名前が示すように「筑波の道」ともよばれる南北朝期に大成した詩歌を何という?

① 連句　② 俳諧　③ 今様　④ 連歌

□問58 「松尾芭蕉は実は忍者であった」という説を生むきっかけともなった芭蕉の出身地はどこ?

① 甲賀　② 伊賀上野　③ 奥州　④ 飛驒高山

□問59 芭蕉の辞世の句といわれる「旅に病んで夢は枯野をかけ廻る」。この句に詠みこまれている季節は?

① 春　② 夏　③ 秋　④ 冬

□問60 連歌や俳諧に詠み込まれる、その句の四季を表すことばを何という?

① 時語　② 節語　③ 季語　④ 詠語

□問61 次の説明が正しければ○、間違っていれば×を選びなさい。
「松山・厳島・天橋立は、日本古典で「三景」と呼ばれる。」
① ○
② ×

□問62 近松門左衛門作の浄瑠璃「国性爺合戦」の主人公は和藤内という名前である。では「和藤内」という名前の由来は？
① 混血児であったから　② なごやかで貴族的であったから
③ 神隠しにあったから　④ 藤棚で拾われたから

□問63 文楽の女人形は基本的に足がなく、着物の中に隠れた人形遣いの手によって表現されている。例外的に女人形の足が登場する演目とは？
① 曾根崎心中　② 仮名手本忠臣蔵　③ 冥途の飛脚　④ 妹背山婦女庭訓

□問64 歌舞伎における武人や鬼神などの豪快で荒々しい演技・演出を何と呼ぶ？
① 和事　② 荒事　③ 柔事　④ 硬事

□問65　次の説明が正しければ○、間違っていれば×を選びなさい。

「「艶事」とは、歌舞伎における男女の恋愛などの写実的な演技・演出のことである。」

①　○　②　×

□問66　『平家物語』で人気の高い公達・平敦盛。源氏方の熊谷直実はわが子と同年代の敦盛を助けたいと願うも叶わず、敦盛は最期に風流な笛を吹き、熊谷に首を討たれる。これを戯曲化した「一谷嫩軍記」通称「熊谷陣屋」では意外な脚色がされているが、それはどのようなもの?

①　敦盛は実は女性であった

②　熊谷は敦盛を助けるため、自分の子を身代わりにする

③　熊谷は追ってくる源氏に立ち向かい、自身を盾にして敦盛を助ける

④　敦盛は討たれるかに見せて刀を抜き、両者は相討ちとなる

□問67　次の説明が正しければ○、間違っていれば×を選びなさい。

「江戸時代後期を代表する作者たち、曲亭馬琴・上田秋成・山東京伝はみな江戸で文筆活動をしていた。」

①　○　②　×

□問68　新井白石、木下順案、林羅山。これらの人物が修めた学問を何という?

①　蘭学　②　朱子学　③　国学　④　陽明学

□問69 「白河の清きに魚のすみかねて もとの濁りの田沼こひしき」この狂歌は何を批判して詠まれたもの？

① 享保の改革　② 天保の改革　③ 寛政の改革　④ 天保の大飢饉

□問70 次の説明が正しければ○、間違っていれば×を選びなさい。

「随筆『玉勝間』や古典研究書『古事記伝』を著した、江戸後期の国学者は本居宣長である。」

① ○

② ×

□問71 次のうち「滑稽本」のジャンルに当てはまらないものはどれ？

① 東海道五十三次　② 浮世風呂　③ 東海道中膝栗毛　④ 浮世床

□問72 次の説明が正しければ○、間違っていれば×を選びなさい。

「『南総里見八犬伝』の著者として、書籍やテレビなどではたびたび「滝沢馬琴」というクレジットがされるが、馬琴本人は「滝沢馬琴」という筆名を用いたことはない。」

① ○

② ×

□問73　次の説明にあてはまる人物は誰？

「怪談劇の最大傑作「東海道四谷怪談」をはじめ、「謎帯一寸徳兵衛」など、百二十本を越える脚本と、二十数篇の合巻の作者。写実的で、市井描写にすぐれ、化政期の廃頽を反映した作品が多い。」

①　鶴屋南北　②　坂田藤十郎　③　市川団十郎　④　河竹黙阿弥

□問74　「我と来て遊べや親のない雀」などの句が知られる俳人・小林一茶の俳諧俳文集の名前は？

①　野ざらし紀行　②　おらが春　③　虚栗　④　おくのほそ道

□問75　次の説明が正しければ○、間違っていれば×を選びなさい。

「国書の叢書として最大級の規模を誇る『群書類従』を編纂した塙保己一は聴覚に障害があった。」

①　○

②　×

□問76　鈴木牧之の『北越雪譜』は、牧之が出版を望みながら、なかなか刊行にいたらなかった。それは一度は刊行を請け負ったある人物が原稿を預かったまま刊行を進めず、さらには原稿を返すこともしなかったことにあるという。この人物とは誰のこと？

①　曲亭馬琴　②　山東京伝　③　上田秋成　④　鶴屋南北

□問77 「女装した男性」が登場しない作品は？

① 古事記　② 南総里見八犬伝　③ とりかへばや物語　④ 伊勢物語

□問78 中国語の語順で書かれた漢文の読み方を示すために、字間・行間などに小書された文字や記号を何というう？

① 訓点　② 読点　③ 句点　④ 次点

□問79 次の説明が正しければ○、間違っていれば×を選びなさい。

「運動会・NHK紅白歌合戦など、組を紅白にわけて競うのは、『源氏物語』の紫式部が好んだ色が白、『枕草子』の清少納言が好んだ色が紅、であることによる。」

① ○
② ×

□問80 「いろはにほへと…」で始まるいろは歌の説明として、正しいものは？

① 五十音全てのかな文字を使用している
② 室町時代に作られた
③ 近世以前は、五十音順ではなく、いろは順で掲載する辞書も多かった
④ 恋についてうたった内容となっている

古典模擬試験〔解答・解説〕

問1…②

〔解説〕練習問題（上代／問1）参照。

問2…①

〔解説〕練習問題（上代／問2）解説参照。

問3…①

問4…①

〔解説〕当初は、名前と「目は赤いホオズキのようで、一つの体に八つの頭・尾があり、体には苔や木が生え、体長は谷八つ山八つにわたっている」との証言があり、実際にスサノヲが立ち向かう際に初めて「蛇」という表現が使用される。

問5…③

〔解説〕『古事記』に載録されている神話。オオモノヌシノ神は『古事記』では「美和之大物主神」と表記され、奈良県桜井市の三輪山の祭神とされる。

問6…②

〔解説〕『日本書紀』が正解。

問7…②

〔解説〕出雲・常陸・播磨・豊後・肥前の五か国。他国の風土記は、現存しないか、一部分を留めるのみである。

問8…①

問9…④

問10…②

〔解説〕万葉集が正解。

問11…②

〔解説〕練習問題（上代／問29）参照。

問12…④

問13…②

〔解説〕柿本人麻呂が正解。

問14…①

問15…②

問16…④

問17…④

問18…①

問19…①

〔解説〕練習問題（中古／問1・2）解説等参照。業平は「仮名序」で貫之に「近き世にその名きこえたる人」と言及された六人（六歌仙）のひとりで、撰者ではない。

問20…①

問21…④

〔解説〕燕の子安貝を求められたのは、中納言石上《いそのかみの》麻呂《まろ》。石上は自ら燕の巣を覗き込み、念願の子安貝を手に入れた…と、思うあまりにせいて落下し、腰を強打する。しかも手にしていたものは子安貝ではなく糞であった。失意のまま病床につき、亡くなってしまう。

問22…④

問23…②
〔解説〕『源氏物語』と同時期の『枕草子』に『落窪物語』は言及されており、十世紀末には既に成立していたと見られている。

問24…④
〔解説〕練習問題（中古／問22）参照。

問25…③
〔解説〕生まれつき体から芳香を放つ薫に対抗し、匂宮もいつも衣に香をたきしめていた。

問26…②
〔解説〕紫式部が正解。練習問題（中古／問26）参照。

問27…①
〔解説〕練習問題（中古／問30）解説参照。

問28…③

問29…④
〔解説〕練習問題（中古／問33）参照。紀伝体の『大鏡』に対し、『栄花物語』は、年月順の編年体である。

問30…①
〔解説〕練習問題（中古／問39）参照。

問31…②
〔解説〕仏教では女性は往生できない汚れた存在とみなされていた。『法華経』第十二品「提婆達多品《だいばだったほん》」が唯一の女性往生を説くものとして知られ、女性にとっての救済であった。当時『法華経』は全八巻の巻物となっており、「提婆達多品」は五巻目に収録されていた。

問32…①
〔解説〕練習問題（中古／問42）参照。

問33…②
〔解説〕『大鏡』や『今昔物語集』にすでに晴明が超越的な力を持っていたことは語られている。しかし晴明の母が狐であったという伝承（通称「葛《くず》の葉《は》」伝承）が見られるのは中世以降で、近世の浄瑠璃および歌舞伎の「芦屋道満大内鑑《あしやどうまんおおうちかがみ》」（通称「葛の葉」）などが有名。

問34…④
〔解説〕「うたあわせ」と読む。

問35…③

問36…②
〔解説〕練習問題（中古／問48）解説参照。

問37…①
〔解説〕練習問題（中古／問48）解説参照。

問38…②
〔解説〕三日夜餅《みかよもち》といい、『落窪物語』や『源氏物語』にもその描写が見られる。

問39…④
〔解説〕練習問題（中世／問3）参照。

問40…③

〔解説〕承久の乱で敗れ、配流された隠岐《おき》で亡くなった。

問41…①

〔解説〕説話集『撰集抄《せんじゅうしょう》』にのる逸話。反魂《はんごん》の術でできあがったのはゾンビのような化物であったという。

問42…②

〔解説〕小倉山にあった「時雨《しぐれ》亭」という山荘で生まれた。

問43…②

〔解説〕建礼門院徳子《とくこ》は清盛の子供で安徳天皇の母。小野小町は平安前期の歌人、桐壺更衣は『源氏物語』に登場する架空の人物。得子《なりこ》については、練習問題（中世／問11）解説参照。

問44…①

〔解説〕『保元物語』（金刀比羅本）にのる。配流先で供養のためにと行った写経を朝廷（弟・後白河）に突き返され、その怒りのあまり生きながら天狗になったという。また死後も怨霊として恐れられた。

問45…③

〔解説〕『平家物語』巻第一「願立」に「賀茂河の水、双六の賽《さい》、山法師。是ぞわが心にかなはぬもの」と述べたという逸話が載る。それ以外は何でも自分の意のままになるだけの権力を白河院は有していた。とはいえ、氾濫を繰り返す川として知られた賀茂河の流れと、双六のサイコロの目は、誰にとっても意思通りにすることができないものである。当時、比叡山の山法師は、僧兵を擁して武力をつけ、神仏の権威をかさにきて、朝廷への強訴を繰り返していた。朝廷の重臣を山法師の訴訟によって流罪にせざるを得ない事態も起こるほどで、山法師の圧力は、絶対権力者・白河院をしても如何ともしがたいものであったのだろう。

問46…②

〔解説〕他、能楽にも「俊寛」という演目がある。

問47…②

〔解説〕建礼門院右京大夫が正解。『建礼門院右京大夫集』では資盛との悲恋を多数詠んでいる。練習問題（中世／問24）参照。なお、阿仏尼は『十六夜日記』の著者。

問48…②

問49…①

問50…②

〔解説〕『枕草子』は一〇〇〇年ごろ、『方丈記』は一二一二年、『徒然草』は一三三一年ごろの成立。

問51…①

〔解説〕練習問題（中世／問34）解説参照。

問52…③

〔解説〕『吾妻鏡』に記事が残る。練習問題（中世／問36）解説参照。

問53…②

問54…①

〔解説〕「白州梯子《しらすばしご》」といい、現在の演技・演出では用いられないが、演者が舞台中央を見定める目印になることもある。江戸期までは主催者である寺社奉行がこの梯子を登って開演を命じたり、役者に褒美を与えるのに使われたりしていた。

問55…③
〔解説〕 練習問題（中世／問48）解説参照。

問56…③
〔解説〕「安宅《あたか》の関」での出来事である。なお、「勧進帳」は文楽および歌舞伎でのタイトル。練習問題（近世／問25）参照。

問57…④

問58…②
〔解説〕 芭蕉の『奥の細道』と、その旅に同行した曾良《そら》の日記『曾良旅日記』とは旅の出発日をはじめ、多くの相違点があるという不審。また旅程も異様でありそれは仙台藩の内情をさぐる機会をうかがっていたため、という説がある。

問59…④
〔解説〕「枯野」が冬の季語。俳句は季語を必ず詠み込まなくてはならない。

問60…③

問61…②
〔解説〕 練習問題（近世／問5）参照。

問62…①
〔解説〕 中国人の父と日本人の母の間に生まれたため「和でも唐でもない」で、和藤内《わとうない》という。

問63…①
〔解説〕 練習問題（近世／問15）参照。普段はない女人形の白い足が物語の重大な局面で登場するこの演目は現代でも人気が高い。

問64…②

問65…②
〔解説〕 和事が正解。

問66…②
〔解説〕 練習問題（近世／問23）参照。

問67…②
〔解説〕 上田秋成は大坂で生まれ、大坂で『雨月物語』などを執筆した。

問68…②
〔解説〕 儒学の一派。蘭学はオランダを通じて入ってきた学問、国学は日本独自の文化、陽明学は儒学の別の一派。

問69…③
〔解説〕 寛政の改革とは老中・松平定信による改革のこと。田沼意次《おきつぐ》時代の賄賂政治を一新し、倹約・文武奨励などの粛清をはかった。定信が白河藩の出身であることを詠み込んでいる。「世の中に蚊ほどうるさきものはなしぶんぶといひて夜もねられず」という狂歌も登場した。

問70…①

問71…①

〔解説〕「東海道五十三次」とは江戸時代に整備された東海道にある「五十三」の宿場のこと。俳句や絵画の題材としても広く扱われ、歌川広重の浮世絵「東海道五十三次」はことに有名。

問72…①

〔解説〕本名「瀧澤興邦《おきくに》」、のちに「瀧澤解《とく》」。筆名はあくまで「曲亭馬琴」であり、本名と筆名を半々にした筆名はいまのところ確認出来ていない。

問73…①

問74…②

問75…②

〔解説〕練習問題（近世／問51）参照。塙保己一は盲目だった。「保己一検校《けんぎょう》」ともいわれるが、「検校」とは盲人が所属する当道《とうどう》座の最高位の官職のこと。いま一般的に読まれている『平家物語』をまとめた覚一《かくいち》検校や、近代箏曲の業績で知られる八橋《やつはし》検校などが有名。

問76…①

〔解説〕もともと山東京伝に版元の仲介を依頼をしていたが、請け合う版元がなく、牧之は馬琴の元に持ち込んだ。馬琴は京伝に一度依頼したものを引き受けることはできない、と断るも、京伝の死もあって引き受けることとする。だが馬琴は『南総里見八犬伝』の執筆に追われ、牧之の刊行をまったく進めなかった。京伝の弟・山東京山の協力を得てようやく刊行にいたったのは天保八年。最初の構想から三十年余りが経っていた。

問77…④

〔解説〕『古事記』ではヤマトタケルが、『南総里見八犬伝』では犬塚信乃《しの》と犬坂毛野《けの》が、『とりかへばや物語』では若君が女装している。ほか、歌舞伎「三人吉三」のお嬢吉三、「白浪五人男」の弁天小僧菊之助、など、女装の美男子は古典文学に多く登場する。『平家物語』の以仁王《もちひとおう》や『平治物語』の二条天皇など、逃亡のために女装した例もある。

問78…①

問79…②

〔解説〕源平の合戦で、源氏は白旗、平家は赤旗を掲げたことによる。

問80…③

〔解説〕近世以前は、五十音順ではなく、いろは順で掲載する辞書も多かった。四十七文字を使用して作られていた「いろは歌」の記録上の初出は平安時代末。内容的には無常観を歌ったものとされたり、七文字ずつ区切った末尾「とかなくてしす（咎無くて死す）」で、無実を訴える暗号という説もある。全ての仮名を覚えるための手習いとして広く普及しており、平安時代の辞書『伊呂波字類抄《いろはじるいしょう》』や室町時代の辞書『節用集《せつようしゅう》』では、項目がいろは順に分類されている。

日本文学検定

近現代

3級

小説・評論・他〔練習問題〕

□問1　幕末からの戯作者《げさくしゃ》たちの中で、いち早く文明開化の時流に乗った仮名垣魯文《かながきろぶん》の作品は？

①　西洋道中膝栗毛　②　東海道中膝栗毛　③　東海道四谷怪談　④　南総里見八犬伝

□問2　次の説明が正しければ○、間違っていれば×を選びなさい。

「仮名垣魯文の『安愚楽鍋《あぐら》』は、牛鍋屋が舞台となっている」

①　○

②　×

□問3　古代ギリシア・テーベ勃興の歴史に取材した矢野《やの》龍渓《りゅうけい》の政治小説は？

①　佳人之奇遇《かじんのきぐう》　②　雪中梅　③　西洋道中膝栗毛　④　経国美談《けいこくびだん》

□問4　次の説明にあてはまる人物は誰？

「大阪生まれ。漢学・蘭学を学び、緒方洪庵《おがたこうあん》の適塾《てきじゅく》に入り、蘭学塾を開く。欧米に渡ること三度、その見聞を生かし啓蒙・教育活動を行なった。明六社創立、東京府議会議員、東京学士会院を設立、著書六〇余冊。代表作に『学問のすゝめ』『文明論之概略《ぶんめいろんのがいりやく》』『福翁自伝《ふくおう》』『文字之教《もじのおしえ》』などがある。」

①　坪内逍遥《つぼうちしょうよう》　②　福沢諭吉　③　上司小剣《かみつかさしょうけん》　④　室生犀星《むろうさいせい》

□問5　酉《とり》年生れの泉鏡花《いずみきょうか》は向かい干支の兎に因むものをコレクションするのが趣味だった。では坪内逍遥がコレクションした動物とは？

①　馬　②　鳥　③　蛇　④　羊

□問6　次の説明が正しければ○、間違っていれば×を選びなさい。

「歌舞伎の近代化を推進する演劇改良運動に尽力し、シェイクスピアの翻訳でも知られる坪内逍遥は、江戸末から明治にかけて活躍した歌舞伎作者・河竹黙阿弥《かわたけもくあみ》の作風を手厳しく批判していた。」

①　○

②　×

□問7　現代文学における小説の優位性を説く『小説神髄』を書いた坪内逍遥が、その実践として発表した作品は？

①　当世《とうせい》書生《しょせい》気質《かたぎ》　②　桐一葉

③　新曲《しんきょく》浦島《うらしま》　④　妹と背かがみ

□問8　『しがらみ草紙』の主宰者・森鷗外と、『早稲田文学』に拠った坪内逍遙の、評論する上での立場の違いから生まれた論争は？

①　脱理想論争　②　没理想論争

③　理想主義論争　④　芸術主義論争

□問9　松井《まつい》須磨子《すまこ》とのスキャンダルを契機として、坪内逍遙と決別した人物は？

①　尾崎紅葉　②　山田《やまだ》美妙《びみょう》

③　島村《しまむら》抱月《ほうげつ》　④　二葉亭四迷

□問10 近代以降盛んになった「言文一致運動」で「です」調をいちはやく用いた人物は？

① 山田美妙 ② 二葉亭四迷
③ 尾崎紅葉 ④ 樋口一葉

□問11 物語を創作していく中で人間の「真実」に迫ろうとした、二葉亭四迷に代表される写実主義。カタカナでは何という？

① シュールレアリスム ② リアリズム
③ ナチュラリズム ④ フェミニズム

□問12 言文一致体を用いたことで有名な二葉亭四迷の作品は？

① 舞姫 ② 浮雲
③ 蝴蝶《こちょう》 ④ 小説神髄

□問13　ツルゲーネフの原作を抄訳し、その口語文体の美しさで読者に影響を与えた二葉亭四迷の作品とは？

① 浮雲　② 其面影

③ あひゞき　④ 蝴蝶

□問14　次のうち、森鷗外の子女の名前ではないものは？

① 茉莉《まり》　② 不律《ふりつ》（フリッツ）

③ 富《とむ》　④ 類《るい》

□問15　次の説明にあてはまる人物は誰？

「軍医としての官界と、作家としての文界の両方に身を置き、二つの生涯を全うした。代表作に『舞姫』『キタ・セクスアリス』『雁』『山椒大夫』『寒山拾得《かんざんじっとく》』などがある。」

① 坪内逍遥　② 河竹黙阿弥

③ 森鷗外　④ 二葉亭四迷

□問16 芥川龍之介が『今昔物語集《こんじゃくものがたりしゅう》』から題材を得た作品は『芋粥』であるが、では森鷗外が好んで食したというメニューは?

① 芋粥　② うな丼

③ 饅頭《まんじゅう》茶漬け　④ 牛乳粥

□問17 森鷗外がドイツ留学中の経験をもとに描いたという『舞姫』。完成後に鷗外がとった意外な行動とは?

① 失踪した

② できた本を燃やした

③ 愛蔵版を作った

④ 家族の前で朗読した

□問18 森鷗外の作品で、「ドイツ三部作」に当てはまらないものは?

① うたかたの記　② 文《ふみ》づかひ

③ しがらみ草紙　④ 舞姫

□問19　森鷗外が翻訳した『即興詩人』。原作者である童話作家は誰？

①　イソップ　②　アンデルセン

③　グリム兄弟　④　ペロー

□問20　森鷗外が、夏目漱石の『三四郎』に刺激を受けて執筆した、主人公の心の成長のさまを描く小説『青年』。主人公は誰？

①　小泉純一　②　小沢太郎

③　田中角雄　④　安倍晋一郎

□問21　森鷗外の『山椒大夫』は、母子三人が父を訪ねる旅の途中、姉弟二人が山椒大夫に売られる話である。姉の名は安寿。では弟の名は？

①　厨子王　②　扇子王

③　安子王　④　玉虫王

□問22 次の説明にあてはまる人物は誰？

「代表作『金色夜叉』が未完のまま三五歳という若さで生涯を閉じる。その他の作品に『二人比丘尼色《ににんびくにいろ》懺悔《ざんげ》』『三人妻』などがある。」

① 中江兆民《なかえちょうみん》　② 中村正直《なかむらまさなお》

③ 尾崎紅葉　④ 山田美妙

□問23 許しを乞うお宮を間貫一が蹴り飛ばす場面で有名な尾崎紅葉の作品は？

① 金色夜叉　② 多情多恨　③ 二人比丘尼色懺悔　④ 伽羅《きゃら》枕《まくら》

□問24 日本の古典文学（井原西鶴など）を意識的に再評価した尾崎紅葉・幸田露伴《こうだろはん》らが中心の文学傾向をなんという？

① 擬古文主義

② 擬古典主義

③ 国風主義

④ 日本主義

□問25　明治二〇年代、井原西鶴の影響を受けた二人の作家は、「〜の時代」と呼ばれる一時期を形成した。その時代とは？

①　永谷の時代　②　葉妙の時代
③　国島の時代　④　紅露の時代

□問26　日本最初の文学結社硯友社《けんゆうしゃ》が発行していた同人雑誌は？

①　我楽多文庫《がらくたぶんこ》　②　硯友雑誌
③　明六雑誌　④　金沢文庫

□問27　次の説明にあてはまる人物は誰？

「別号蝸牛庵《かぎゅうあん》等。処女作『露団々《つゆだんだん》』や『風流仏《ふうりゅうぶつ》』で認められた。強健な男性像を描き、理想主義的傾向が強い。漢籍の教養から漢語を駆使。史伝研究にもすぐれる。代表作に『五重塔』など。」

①　尾崎紅葉　②　松尾芭蕉　③　正宗白鳥《まさむねはくちょう》　④　幸田露伴

□問28 **次の説明にあてはまる人物は誰？**

「自由民権運動に関心を持ったが文学に転じ、『楚囚之詩《そしゅうのし》』『蓬莱曲《ほうらいきょく》』を発表。『厭世詩家《えんせいしか》と女性《じょせい》』以降評論活動が活発化。『人生に相渉《あいわた》るとは何の謂《いい》ぞ』で山路愛山《やまじあいざん》と論争。『内部生命論』などを発表したが、現実と理想の矛盾に悩み二七歳で自殺。」

① 北村透谷《きたむらとうこく》　② 北原白秋《きたはらはくしゅう》

③ 永井荷風《ながいかふう》　④ 稲垣足穂《いながきたるほ》

□問29 **一八九〇年代、明治浪漫主義文学の拠点となった『文学界』創刊の中心となった人物は、島崎藤村ともう一人誰か？**

① 横光利一《よこみつりいち》　② 北原白秋　③ 斎藤茂吉　④ 北村透谷

□問30 **次の説明にあてはまる人物は誰？**

「一八歳で女戸主となり、困窮の中で小説を志し、二五歳で生涯を閉じるまでの五年間に、抑圧された女性を雅俗折衷の文語で描いた。悲哀に満ちた異色の文学を創造し、多くの名作を書き残している。代表作は『たけくらべ』『十三夜』など。」

① 与謝野晶子《よさのあきこ》　② 樋口一葉《ひぐちいちよう》　③ 野上彌生子《のがみやえこ》　④ 内田百閒《うちだひゃっけん》

□問31　遊女お力が主人公の短編小説『にごりえ』の作者は？

①　有島武郎《ありしまたけお》
②　谷崎潤一郎
③　樋口一葉
④　島崎藤村《しまざきとうそん》

□問32　樋口一葉の師として知られる人物は？

①　半井桃水《なからいとうすい》
②　与謝野晶子
③　夏目漱石
④　茨木《いばらき》のり子

□問33　次の説明にあてはまる人物は誰？

「本名鏡太郎。尾崎紅葉に入門。『夜行巡査』『外科室』などの「観念小説」で名声を確立。浪漫的傾向に転じ、『照葉狂言《てりはきょうげん》』以降、神秘性幻想性を加え『高野聖《こうやひじり》』『歌行燈《うたあんどん》』を発表。女性を美化して描き、神秘的虚構の世界を独自の文章で構築した。耽美派の源泉。」

①　平林たい子
②　泉鏡花
③　宮本百合子
④　壺井栄《つぼいさかえ》

□問34 次の説明が正しければ○、間違っていれば×を選びなさい。

「泉鏡花は極度の潔癖症で、あんパンの裏表を網で焼いて食べていた。」

① ○

② ×

□問35 泉鏡花作で、旅の僧が、神通力を持った美女の難から仏の加護で逃れるという内容の作品を何という？

① 厭世詩家と女性　② 不如帰《ほととぎす》

③ 高野聖　④ しがらみ草紙

□問36 新派の代表作となっている、演劇『婦系図《おんなけいず》』であるが、その原作者は？

① 徳冨蘆花《とくとみろか》　② 国木田独歩《くにきだどっぽ》

③ 尾崎紅葉　④ 泉鏡花

□問37　**次の説明にあてはまる人物は誰？**

「兄・蘇峰《そほう》が設立した民友社の記者。自伝的立志小説『思出《おもいで》の記《き》』『自然と人生』『寄生木《やどりぎ》』などの作品がある。キリスト教的自由主義者で兄とは絶交。トルストイに心酔、訪問した。」

① 正岡子規　② 志賀直哉　③ 徳冨蘆花　④ 田山花袋《たやまかたい》

□問38　**徳冨蘆花は、封建的家族制度のために破られる愛の悲劇を小説に描いた。のちに『浪子』『浪子の一生』などのタイトルで映画化されたその作品とは？**

① 不如帰　② ホトトギス　③ 時鳥　④ 子規

□問39　**次の説明にあてはまる人物は誰？**

「珠玉の短編を数多く残し、厳しい現実の中で哀切に息づく「小民」を活写した自然主義文学の先駆者といわれている。代表作に『源叔父《げんおじ》』『武蔵野』『牛肉と馬鈴薯《ばれいしょ》』などがある。」

① 高山樗牛《たかやまちょぎゅう》　② 広津柳浪《ひろつりゅうろう》　③ 川上眉山《かわかみびざん》　④ 国木田独歩

□問40　国木田独歩が『忘れえぬ人々』に忘れられない人々として挙げているのは？

①　天皇一族
②　自分を捨てた親
③　絵本の挿絵に出てきた少女
④　旅先で見かけた琵琶僧

□問41　妻を失った島崎藤村が、家事を助けていた姪・こま子との不倫を告白した私小説は？

①　新生　②　若菜集　③　破戒　④　夜明け前

□問42　次の説明にあてはまる人物は誰？

『蒲団』の発表により、島崎藤村とともに、日本自然主義文学の創始者となって文壇的地位を固めた。代表作に『重右衛門の最後』『露骨なる描写』『田舎教師』などがある。」

①　田山花袋《たやまかたい》　②　内田魯庵《うちだろあん》
③　木下尚江《きのしたなおえ》　④　鈴木三重吉《すずきみえきち》

□問43　次の説明にあてはまる人物は誰？

「尾崎紅葉の門に入り、作者の生活や下層の女性を対象に、生活と本能に追われる姿をそのまま、感傷も詠嘆もなく原因や解決も示さず、徹底的な客観描写で作品化した。代表作に『新世帯《あらじょたい》』『黴《かび》』『爛《ただれ》』『あらくれ』『縮図』などがある。」

① 正宗白鳥　② 徳田秋声《とくだしゅうせい》

③ 梶井基次郎《かじいもとじろう》　④ 島崎藤村

□問44　次の説明が正しければ○、間違っていれば×を選びなさい。

「徳田秋声の『足迹《あしあと》』は、妻の前半生を題材にした作品である。」

① ○

② ×

□問45　島崎藤村・田山花袋・徳田秋声と並び自然主義四大家の一人に数えられる人物は？

① 夏目漱石　② 菊池寛　③ 森鷗外　④ 正宗白鳥

□問46 小泉八雲（ラフカディオ・ハーン）は東京帝国大学文科で英文学講師をつとめ、解任に際しては学生が留任運動を起こすほど信望が厚かったとされる。彼の後任を務めた作家は？

① 永井荷風　② 夏目漱石　③ 寺田寅彦《てらだとらひこ》　④ 坪内逍遥

□問47 次の説明にあてはまる人物は誰？

「金の字が名にないと泥棒になるとの迷信で金之助と名づけられた。後妻の末っ子で余計者の扱いを受け里子に出され、さらに養子にやられた。幼時冷たい人情にさらされた記憶は、父への憎悪、母への思慕となり、作品全体に色濃く反映している。『吾輩は猫である』『草枕』『それから』ほか多くの代表作がある。」

① 太宰治　② 徳永直《とくながすなお》　③ 菊池寛　④ 夏目漱石

□問48 夏目漱石などの出身校で知られる東京府第一中学は、改称されて、現在何と呼ばれている？

① 戸山高等学校　② 日比谷高等学校
③ 三田高等学校　④ 国立高等学校

□問49　芥川龍之介は、久米正雄《くめまさお》などと共に夏目漱石宅に頻繁に出入りしていた。その夏目漱石に絶賛された、愚かな自尊心と傍観者の利己主義を描いた作品は？

①　坊っちゃん　②　鼻
③　雪国　④　舞姫

□問50　夏目漱石の娘・筆子《ふでこ》へ想いを寄せ、その失恋を題材に小説『破船』を描いた人物は？

①　芥川龍之介　②　久米正雄
③　菊池寛　④　葛西善蔵《かさいぜんぞう》

□問51　次の説明が正しければ○、間違っていれば×を選びなさい。

「夏目漱石の小説『吾輩は猫である』は新聞連載小説である。」

①　○
②　×

□問52 「吾輩は猫である。名前はまだ無い。」ではじまる夏目漱石の長編小説『吾輩は猫である』の飼い主は？

① 苦沙弥《くしゃみ》先生　② 欠伸《あくび》先生
③ 呑気《のんき》先生　④ 肩こり先生

□問53 「親譲りの無鉄砲で小供の時から損ばかりしている」『坊っちゃん』。その舞台となった場所は？

① 那覇　② 松山
③ 高松　④ 松本

□問54 一九〇七（明治四〇）年、夏目漱石は職業作家として生きるために、教職を辞して朝日新聞社に入社した。その第一作目は？

① 彼岸過迄《ひがんすぎまで》　② 坊っちゃん
③ 虞美人草《ぐびじんそう》　④ 道草

□問55　「こんな夢を見た」と、現在（明治時代）をはじめ神代・鎌倉・一〇〇年後と一〇日間にわたる夢の話を書いた人物は？

①　星新一　②　夏目漱石

③　川端康成　④　有島武郎《ありしまたけお》

□問56　東京大学の心字池は、夏目漱石の作品の影響により、愛称で呼ばれるようになった。その作品名は？

①　それから　②　門

③　三四郎　④　坊っちゃん

□問57　二〇〇八年公開の映画『崖の上のポニョ』（スタジオジブリ）に登場する男の子、「宗助」の名前は夏目漱石のある作品からとられている。その作品とは？

①　三四郎　②　門

③　吾輩は猫である　④　こころ

□問58 夏目漱石の小説『こころ』の舞台となった東京の墓地は？

① 青山霊園　② 雑司ヶ谷《ぞうしがや》墓地

③ 谷中《やなか》霊園　④ 染井《そめい》霊園

□問59 「原始、女性は実に太陽であった」の創刊の辞で有名な、平塚らいてうを中心とする女性解放運動団体の機関誌名は何？

① 青鞜《せいとう》　② 我楽多文庫《がらくたぶんこ》

③ 白樺《しらかば》　④ 心の花

□問60 『濹東綺譚《ぼくとうきだん》』『断腸亭日乗《だんちょうていにちじょう》』などで有名な永井荷風は、「偏奇館《へんきかん》」と名付けられた家に住んでいたことからもわかるように、風変わりな人物であった。荷風が片時も手離さなかったという「つり下げバッグ」に入っていたものは？

① 預金通帳　② 父親からの手紙

③ カメラ　④ 妻の写真

□問61　自然主義を確立し、永井荷風もその影響を受けたフランスの小説家は？

①　ツルゲーネフ　②　ゾラ

③　プルースト　④　ボードレール

□問62　谷崎潤一郎と佐藤春夫の間の、めずらしい関係とは？

①　生き別れのふたご同士

②　妻をゆずった

③　ふたり共同作作のペンネームがあった

④　同性愛関係だった

□問63　谷崎潤一郎の小説で、美しく誇り高い盲目の女性と、その女性に献身的に仕える男性との交情を描いたものは？

①　盲目物語　②　刺青《しせい》

③　春琴抄《しゅんきんしょう》　④　痴人《ちじん》の愛《あい》

□問64 同人誌『白樺』を中心にして起こった白樺派のメンバーはどの学校の出身者が多い？

① 学習院 ② 明治
③ 早稲田 ④ 慶應義塾

□問65 次の説明にあてはまる人物は誰？

『白樺』創刊に参加。「新しき村」運動を実践、共同生活をして反響を呼んだ。戦後『心』創刊に参加。自然の意志をわが意志とし、人生の苦悩に敏感でありながら明るくユーモラスな作風で知られる。代表作に『お目出たき人』『その妹』『幸福者』『友情』『人間万歳』などがある。」

① 有島武郎 ② 里見弴《さとみとん》 ③ 武者小路実篤《むしゃこうじさねあつ》 ④ 島木健作《しまきけんさく》

□問66 次の説明にあてはまる人物は誰？

「潔癖で不正虚偽を憎悪。鋭い洞察力と強靱な自我に支えられ、的確な描写と簡潔な文体で創作。対象は狭い自己の世界で広い社会的視野はない。個人主義的文学の典型として、多くの文学者の指標となる。代表作に『網走まで』『清兵衛《せいべえ》と瓢簞《ひょうたん》』『暗夜行路《あんやこうろ》』などがある。」

① 谷崎潤一郎 ② 志賀直哉 ③ 夏目漱石 ④ 芥川龍之介

□問67　「小説の神様」と呼ばれた人物は？

①　志賀直哉　②　横光利一
③　遠藤周作　④　武者小路実篤

□問68　交通事故後の養生先において、小動物の死を見守る過程で自分の死や運命を考えるという内容の志賀直哉の作品は？

①　城の崎にて　②　城のある町にて
③　のんきな患者　④　武蔵野

□問69　次の説明が正しければ○、間違っていれば×を選びなさい。

『暗夜行路』とは、志賀直哉が完結までに二〇年近い年月を費やした小説である。」

①　○
②　×

□問70 『生れ出づる悩み』などで有名な、白樺派の代表的作家・有島武郎の出身大学は現在何という？

① 北海道大学　② 学習院大学
③ 東京大学　④ 九州大学

□問71 次の説明が正しければ○、間違っていれば×を選びなさい。

「『或る女』の作者は、高村光太郎である。」

① ○
② ×

□問72 次の説明が正しければ○、間違っていれば×を選びなさい。

「有島武郎は、一八七八（明治一一）年東京市小石川水道町に、父武・母幸の長男として生まれた。次男生馬《いくま》は洋画家・小説家、三男英夫《ひでお》は小説家であり、芸術家三兄弟と称された。」

① ○
② ×

□問73　一九〇七（明治四〇）年、小山内《おさない》薫《かおる》が創刊した雑誌『新思潮』で中心となった大学はどこ？

①　学習院大学　②　明治大学

③　早稲田大学　④　東京大学

□問74　次の説明が正しければ○、間違っていれば×を選びなさい。

「芥川龍之介の命名の由来は、彼の母が見た龍の夢に因む。」

①　○

②　×

□問75　『地獄変』は、一九一八（大正七）年、『宇治拾遺物語《うじしゅういものがたり》』の「絵仏師〔　　〕」という説話をもとに書かれた芥川龍之介の代表的な短編小説である。〔　　〕に当てはまる人物名は？

①　良秀　②　良平

③　良介　④　良太郎

□問76 芥川龍之介の命名は、その作品に因んで「（　　）忌」と称される。（　　）にあてはまる言葉は？

① 鼻　② 桜桃

③ 河童　④ 芋粥

□問77 次の説明が正しければ○、間違っていれば×を選びなさい。

『或阿呆の一生』は、一九二七（昭和二）年の芥川龍之介自殺後に発見された。」

① ○

② ×

□問78 菊池寛の作品ではないものは？

① 父帰る　② 真珠夫人

③ 蔵の中　④ 恩讐の彼方に

□問79　雑誌『文藝春秋』を創刊した人物は？

①　横光利一　②　井伏鱒二《いぶせますじ》
③　久米正雄　④　菊池寛

□問80　芥川龍之介賞とは、純文学の新人に与えられる賞であるが、その賞の発起人でもあり、芥川龍之介の友人でもある人物は？

①　夏目漱石　②　菊池寛
③　森鷗外　④　川端康成

□問81　主人公の人物造型に自身の事実を直接重ねることによって作品世界を構築していく方法で創られた小説を大別してなんと呼ぶ？

①　私小説　②　吐露小説
③　独白小説　④　秘密小説

□問82 **次の説明にあてはまる人物は誰？**

「雑誌『奇蹟』創刊に参加。『神経病時代』で注目された。戦後カミュの『異邦人』をめぐり中村光夫と論争。「松川裁判」で社会的正義感を貫いた。」

① 久米正雄　② 志賀直哉　③ 菊池寛　④ 広津《ひろつ》和郎《かずお》

□問83 **次の説明にあてはまる人物は誰？**

「徳田秋声・相馬御風に師事。雑誌『奇蹟』に参加、『哀しき父』を創刊号に発表。実生活を貧窮と一家離散に追い込み、その犠牲によって自虐的な私小説を書いた。代表作に『子をつれて』『湖畔手記』などもある。」

① 広津和郎　② 芥川龍之介　③ 葛西善蔵　④ 尾崎紅葉

□問84 **葉山嘉樹《はやまよしき》の『セメント樽の中の手紙』で、「セメントあけ」を職業とする主人公は樽の中から、セメント会社で働く女工の書いた手紙を発見する。見つけた手紙の内容は？**

① お友達になって下さい
② 結婚して下さい
③ セメントの使い道を教えて下さい
④ お金を貸して下さい

□問85　第一次世界大戦の社会不安を背景に、労働者の生き方をリアリズムによって表現しようとした文学を総称してなんと呼ぶ？

①　モダニズム文学　②　民主主義文学
③　プロレタリア文学　④　転向文学

□問86　次の説明が正しければ○、間違っていれば×を選びなさい。

「『蟹工船』の作者・永井荷風は、プロレタリア文学運動の第一人者として活躍した。」

①　○
②　×

□問87　自分が体験した共同印刷争議の経過を描いた長編小説『太陽のない街』を雑誌『戦旗』に連載、労働者出身のプロレタリア作家として独自の位置を占めるようになった作家は？

①　徳永直　②　中野重治《なかのしげはる》
③　小林多喜二《こばやしたきじ》　④　葉山嘉樹

□問88 プロレタリア文学と同時期におこったモダニズム文学の流れのうち、一九二四（大正一三）年に創刊された同人誌『文芸時代』を母胎として登場した、知的な感覚表現で文体の革新をめざした一派を何という？

① 感覚派　② 新感覚派
③ 新知性派　④ 知性派

□問89 問88の代表的人物を川端康成ともう一人選びなさい。

① 小林多喜二　② 小林秀雄
③ 葛西善蔵　④ 横光利一

□問90 次の説明が正しければ○、間違っていれば×を選びなさい。
「横光利一の母は、俳諧で有名な松永貞徳《まつながていとく》の家系の出である。」

① ○
② ×

□問91　横光利一の小説で、崖下に転落する馬車から飛び出したのは？

①　鳥　②　蚊　③　蠅《はえ》　④　蝶

□問92　次の説明が正しければ○、間違っていれば×を選びなさい。

「一九六八（昭和四三）年にノーベル文学賞を受賞し、一九七二（昭和四七）年にガス自殺をした川端康成は、自殺当時借金を抱えていた。」

①　○

②　×

□問93　川端康成が自殺した一因ともいわれる事件は？

①　二・二六事件

②　五・一五事件

③　三島由紀夫の自決事件

④　大逆事件

□問94　北海道を舞台としていない小説は？

①　若い詩人の肖像　②　蟹工船
③　生れ出づる悩み　④　雪国

□問95　女盗賊と名探偵・明智小五郎の対決を描いた江戸川乱歩の長編推理小説で、二〇〇七年宝塚歌劇団でも上演された作品は？

①　黒蜥蜴《くろとかげ》　②　怪人二十面相
③　夜光人間　④　黄金豹

□問96　日本探偵小説三大奇書の一つに数えられる夢野久作の作品は？

①　ドグラ・マグラ　②　瓶詰の地獄
③　黒死館《こくしかん》殺人事件　④　虚無への供物《くもつ》

□問97　自らの日記をもとに放浪生活の体験を書き綴った自伝的小説『放浪記』の作者林芙美子が、昭和一六年から晩年まで住んでいた家が東京に残っている。その場所とは？

①　落合　②　歌舞伎町
③　渋谷　④　池袋

□問98　岩屋から出られなくなった山椒魚《さんしょううお》に若い日の心情を託した『山椒魚』で有名な井伏鱒二。彼の作品ではないものは？

①　ジョン万次郎漂流記　②　黒い雨
③　荻窪風土記　④　田園の憂鬱

□問99　次の説明が正しければ○、間違っていれば×を選びなさい。

「井伏鱒二の代表作は『山椒魚』であるが、井伏鱒二自身は執筆当時、山椒魚を見たことがなかった。」

①　○
②　×

□問100 井伏鱒二の作品で、広島の被爆体験を日常生活の中から掘り起こしたものは？

① 山椒魚　② さざなみ軍記
③ 本日休診　④ 黒い雨

□問101 梶井基次郎の作品は？

① 林檎　② 白桃
③ 檸檬《れもん》　④ 葡萄《ぶどう》

□問102 サナトリウムを舞台にした堀辰雄《ほりたつお》の小説『風立ちぬ』で、堀辰雄がヒロイン・節子のモデルとしたのは、次のうち誰？

① 婚約者　② 妹
③ 初恋の人　④ 夢に見た女神

□問103　一九三三（昭和八）年に代表的なプロレタリア作家小林多喜二が警察の手で虐殺されたこと、また、日本共産党指導者の佐野学らが転向したことが契機となって、プロレタリア作家の中で転向する者が相次いだ。転向者が書いた文学を総称して「転向文学」と呼ぶ。その代表作『生活の探求』の作者は？

①　村山知義《むらやまともよし》　②　島木健作
③　林房雄《はやしふさお》　④　立野信之《たてののぶゆき》

□問104　梶井基次郎の文壇的評価が定まったのは、ある有名な人物の評価による。『無常といふ事』の執筆者としても有名なその人物とは？

①　大岡昇平《おおおかしょうへい》　②　遠藤周作
③　堀辰雄　④　小林秀雄

□問105　河童をこよなく愛した火野葦平《ひのあしへい》。北九州市には、今も旧居として「河伯洞《かはくどう》」（「河童の棲む家」の意）が残されている。この母屋は、葦平の出征中に、父が「兵隊三部作」といわれる葦平の著作の印税で建てたと伝えられている。兵隊三部作に当てはまらないものは？

①　麦と兵隊　②　土と兵隊
③　花と兵隊　④　糞と兵隊

□問106 次のうち、中島敦の作品でないものは？

① 李陵 ② 山月記

③ 光と風と夢 ④ 狂人日記

□問107 中島敦は、中国唐代の伝奇『人虎伝』に基づき、詩に執心してついに虎に変身した男のすさまじい宿命の姿を描いた。その作品とは？

① 白虎伝 ② 人狼伝

③ 山月記 ④ 山陵伝

□問108 『鶴は病みき』の著者で、画家・岡本太郎の母親でもある人物は誰？

① 岡本かの子 ② 岡本まな子

③ 岡本さち子 ④ 岡本まさ子

□問109　織田作之助《おださくのすけ》・坂口安吾《さかぐちあんご》・石川淳・太宰治ら、戦後の作風をまとめて何という？

①　第三の新人　②　新戯作派

③　第一次戦後派　④　第二次戦後派

□問110　次の説明が正しければ○、間違っていれば×を選びなさい。

「太宰治は秋田県の出身である。」

①　○

②　×

□問111　太宰治の好物で、反対に三島由紀夫は文字を見るのも嫌だというほど嫌悪していたある魚介類とは？

①　蟹《かに》　②　雲丹《うに》

③　蛸《たこ》　④　牡蠣《かき》

□問112 太宰治の『富嶽百景《ふがくひゃっけい》』の中で、主人公の「私」は、外国の人間になって富士山を見たときの想像をしている。「ニッポンのフジヤマを、あらかじめ憧《あこが》れてゐるからこそ」に続く、「素晴らしい」を意味する単語は？

① ハラショ　② トレビアン
③ ファンタスティック　④ ワンダフル

□問113 太宰治の短編小説『皮膚と心』で「あの銀座の有名な化粧品店の、蔓《つる》バラ模様の商標は（中略）外国の人さえ覚えていて、あの店の名前を知らなくても、蔓バラを典雅に絡み合せた特徴ある図案は、どなただって一度は見て、そうして、記憶しているほどでございますものね。」といわれる「蔓バラ模様の商標」とはどこの店のもの？

① 鐘紡　② コーセー
③ ポーラ　④ 資生堂

□問114 太宰治の遺作となった未完の作品は？

① 走れメロス　② 桜桃
③ グッド・バイ　④ 斜陽

□問115 太宰治の命日をその著作名に因んで何という？

① 津軽忌　② 林檎忌
③ 桜桃忌　④ 斜陽忌

□問116 四回の映画化、さらにテレビドラマにもなった田村泰次郎《たむらたいじろう》の小説は？

① 肉体の門　② 青春の門
③ 心の門　④ 心の扉

□問117 『不連続殺人事件』や『堕落論』で有名な新戯作派作家といえば？

① 松本清張《まつもとせいちょう》　② いしかわじゅん
③ 坂口安吾　④ 芥川龍之介

□問118 小林秀雄に「きみの魂のことを書け」との助言をうけて出来上がった『俘虜記《ふりょき》』の作者は？

① 大岡昇平　② 遠藤周作
③ 堀辰雄　④ 中原中也

□問119 次の説明にあてはまる人物は誰？

「古典の唯美的傾向を継承し、古典的語彙と硬質の文体で虚構を創造、形式美を追求。自衛隊市ヶ谷駐屯地で「憂国」の辞を残し割腹自殺。代表作に『仮面の告白』『潮騒《しおさい》』などがある。」

① 三島由紀夫　② 倉田百三《くらたひゃくぞう》
③ 久保田万太郎　④ 中原中也

□問120 三島由紀夫の作品ではないものは？

① 金閣寺　② 春の雪
③ 禁色《きんじき》　④ 道程

□問121　次の説明が正しければ○、間違っていれば×を選びなさい。

「三島由紀夫は大蔵省に勤めていた。」

①　○

②　×

□問122　次の説明が正しければ○、間違っていれば×を選びなさい。

「三島由紀夫は、東京帝国大学国文科の出身である。」

①　○

②　×

□問123　早熟だった三島由紀夫は、一六歳にして同人雑誌に『花ざかりの森』を発表し、その後同名の短編集を刊行した。刊行当時の三島由紀夫の年齢は？

①　一七歳　②　一八歳

③　一九歳　④　二〇歳

□問124 三島由紀夫が、官僚を辞して作家生活に入った頃完成した作品で、ある青年の性的回想の告白という形式で書かれた小説を選びなさい。

① 青年の告白　② 性の告白

③ 仮面の告白　④ 花ざかりの森

□問125 キリスト教を主題とした作品を多数執筆、代表作として『海と毒薬』『沈黙』が挙げられる作家は？

① 曾野綾子《そのあやこ》　② 遠藤周作

③ 大岡昇平　④ 三浦綾子

□問126 次の説明に当てはまる人物は誰？

「詩人の父と美容師の母との間に生まれた。一九五二（昭和二七）年から一九五五（昭和三〇）年頃までに文壇に登場した、いわゆる「第三の新人」のひとり。戦後派作家たちとは違って、伝統的な私小説の方法によって日常生活の空虚を描いた。代表作に『驟雨《しゅうう》』『鞄の中身』などがある。」

① 大岡昇平　② 三島由紀夫

③ 椎名麟三《しいなりんぞう》　④ 吉行淳之介《よしゆきじゅんのすけ》

□問127 井上雄彦の漫画『バガボンド』の原作となった小説『宮本武蔵』。その作者は？

① 井上靖《いのうえやすし》　② 池波正太郎《いけなみしょうたろう》

③ 五木寛之　④ 吉川英治

□問128 石原慎太郎が、弟・裕次郎の放蕩生活に着想を得て発表した作品は？

① 太陽の季節　② スパルタ教育

③ 太陽にほえろ　④ 真夏の太陽

□問129 古くは『大和物語』や『今昔物語集』などにも見られ、近代では柳田國男の『遠野物語』にも紹介された棄老伝説（姨捨山《うばすてやま》伝説）。この伝説に取材した小説『楢山節考《ならやまぶしこう》』の作者は？

① 芥川龍之介　② 折口信夫《おりくちしのぶ》

③ 今村昌平　④ 深沢七郎《ふかざわしちろう》

□問130 次の説明が正しければ○、間違っていれば×を選びなさい。

「開高健《かいこうたけし》と武田麟太郎《たけだりんたろう》は同じ題名の小説を執筆している。」

① ○
② ×

□問131 明治を代表する文豪、幸田露伴。その娘で小説『流れる』や随筆『みそっかす』を記した作家のファーストネームは？

① 華　② 文
③ 史　④ 幸

□問132 大江健三郎がノーベル文学賞を受賞した際の講演タイトルとして正しいものは次のうちどれ？

① 美しい日本の私　② 美しい日本の言葉
③ あいまいな日本の私　④ 勤勉な日本の姿

□問133 「死体洗いのアルバイト」の都市伝説を生むもととなったといわれている大江健三郎の作品とは？

① 飼育　② 死者の奢り
③ 水死　④ 同時代ゲーム

□問134 大江健三郎の、一九六三年と一九六四年の原水爆禁止世界大会のルポルタージュや、原爆にまつわるエピソードなどを描写したノンフィクション作品とは？

① ピカドン　② ヒロシマ・ノート
③ ナガサキ・ノート　④ 黒い雨

□問135 代表作は『砂の女』『赤い繭《まゆ》』。日本人で初めてワープロで小説を執筆した作家といわれる人物は？

① 安部公房《あべこうぼう》　② 岡本太郎
③ 埴谷雄高　④ 野間宏《のまひろし》

□問136 次の説明が正しければ○、間違っていれば×を選びなさい。

「安部公房の短編『壁―S・カルマ氏の犯罪』は、芥川龍之介賞を受賞した。」

① ○
② ×

□問137 安部公房は、演劇集団「安部公房〔　　〕」を発足させ、本格的に演劇活動をはじめた。〔　　〕に当てはまる言葉は？

① システム　② クラブ
③ スタジオ　④ 演劇集団

□問138 北杜夫《きたもりお》の作品で、自分の生家をモデルに、一族三代の歴史をたどったものは？

① 楡家《にれけ》の人びと　② 夜と霧の隅で
③ 海と毒薬　④ 沈黙

□問139　華岡青洲《はなおかせいしゅう》は医学界では知られていた人物であるが、小説『華岡青洲の妻』によって一般にも認知されることになった。その小説の作者は？

①　有吉佐和子《ありよしさわこ》　②　瀬戸内晴美《せとうちはるみ》

③　円地文子　④　幸田文《こうだあや》

□問140　テレビドラマ化や映画化もされた五木寛之の小説は？

①　肉体の門　②　心の門

③　心の扉　④　青春の門

□問141　一九五〇年、わいせつ文書に当るとして警視庁の摘発を受けた伊藤整《いとうせい》の翻訳小説とは？

①　チャタレイ夫人の恋人　②　嵐が丘

③　風と共に去りぬ　④　駱駝祥子

□問142 『限りなく透明に近いブルー』でデビューし、芥川賞を受賞した作家は？

① 村上春樹　② 村上龍

③ 村上《むらかみ》鬼城《きじょう》　④ 村田春樹

□問143 テレビドラマ『阿修羅のごとく』『あ・うん』などで知られる脚本・小説家は誰？

① 寺山修司　② 向田邦子

③ 水田仙吉　④ 里見巻子

□問144 「埴谷雄高」の読みは？

① はにたにゆたか　② はにやゆたか

③ はにたにゆうこう　④ はにやゆうこう

□問145　二〇〇七年神奈川近代文学館で構想メモが発見された埴谷雄高の未完の小説は？

① 死神　② 生霊

③ 死霊　④ 怨霊

□問146　テレビドラマ、ミュージカルにもなった三浦哲郎《みうらてつお》の作品は？

① ユタとふしぎな仲間たち　② アポロンの島

③ アフリカの死　④ ヘチマくん

□問147　芥川龍之介賞作家・小川洋子《おがわようこ》の代表作『博士の愛した数式』で、主人公の息子のことを博士はある数学記号で呼んだ。その記号とは？

① $\int$　② $\sqrt{\ }$

③ π　④ Σ

□問148 次の文学者の中で、医師ではなかった人物とは？

① 渡辺淳一　② 斎藤茂吉
③ 森鷗外　④ 遠藤周作

□問149 関西出身者ではない作家は？

① 谷崎潤一郎　② 川端康成
③ 織田作之助　④ 稲垣足穂

□問150 一六八三（天和三）年三月二八日（『天和笑委集《てんなしょういしゅう》』説）に鈴ケ森で火刑に処された「八百屋お七」を題材とした小説や戯曲を発表していない人物は？

① 坪内逍遥　② 真山青果《まやませいか》
③ 舟橋聖一《ふなはしせいいち》　④ 森鷗外

□問151 キリスト教を主題とした作品を発表していない作家は？

① 谷崎潤一郎　② 三浦綾子

③ 遠藤周作　④ 武者小路実篤

□問152 坪内逍遙・武者小路実篤らの創作劇も上演した築地小劇場の創設者は小山内薫ともう一人誰？

① 島村抱月　② 坪内逍遥

③ 土方与志《ひじかたよし》　④ 岸田國士《きしだくにお》

□問153 岸田國士戯曲賞に名を残す劇作家・岸田の作品は？

① 花咲く港　② 牛山ホテル

③ 第一の世界　④ 蒲田行進曲

□問154 昭和二〇年、新劇が『桜の園』で復活したのをはじめ、各演劇集団が活発な行動を開始した。こうした演劇の動きに呼応するように書かれた戯曲『夕鶴』の作者は？

① 木下順二　② 加藤道夫
③ 三島由紀夫　④ 安部公房

□問155 日本の水辺には、体格は子供、頭頂部に皿のある（ことが多い）妖怪が潜んでいるとされている。この妖怪を題材に、芥川龍之介・火野葦平・草野心平らは小説を描き、水木しげるは漫画を描いた。その妖怪とは？

① 鬼　② 河童
③ 小豆洗い　④ 天狗

□問156 芥川龍之介賞、三島由紀夫賞、野間文芸新人賞は純文学新人賞の三冠と呼ばれているが、これらを全て受賞した作家は？

① 村上春樹　② 笙野頼子《しょうのよりこ》
③ 宮本輝　④ 山田詠美《やまだえいみ》

□問157　次のうち、シェイクスピアの翻訳を手がけていないのは誰？

①　坪内逍遥　②　木下順二

③　福田恆存《ふくだつねあり》　④　谷崎潤一郎

□問158　映画化されていない文学作品は？

①　蟹工船　②　万葉集

③　火垂るの墓　④　蛇にピアス

□問159　一九一〇（明治四三）年、幸徳秋水《こうとくしゅうすい》などの社会主義者が死刑となった、国家権力による弾圧事件をなんと呼ぶか。

①　大逆事件　②　虐待事件

③　玉砕事件　④　赤事件

◆番外編◆　文豪が愛した味は？

○問１　夏目漱石の『吾輩は猫である』に登場するのをはじめ、正岡子規や泉鏡花、司馬遼太郎などの作品にも登場する、東京都の根岸芋坂にある団子屋の名称とは？

①　言問《こととい》団子　②　追分《おいわけ》だんご　③　羽二重《はぶたえ》団子　④　草だんご

○問２　永井荷風が市川の自宅から浅草まで毎日通ったという蕎麦屋「尾張屋」で、必ず食べていたメニューとは？

①　天ぷらそば　②　かしわ南蛮　③　ざるそば　④　うな重

○問３　岡山県出身の文豪・内田百閒はある岡山銘菓を夢に見るほど愛好していた。その菓子とは？

①　きびだんご　②　むらすずめ　③　塩味饅頭　④　大手饅頭

○問４　東京都北区西ヶ原に本店を構える昭和三五年創業の老舗、「フランス菓子　ＣＡＤＯＴ」にはある文豪による直筆の推薦文が飾られている。これは誰によるもの？

①　森鷗外　②　川端康成　③　萩原朔太郎　④　澁澤龍彦

○問５　東京都の文京区音羽にある版元・講談社は自社の向かいにある和菓子店「群林堂《ぐんりんどう》」のある菓子を、三島由紀夫や松本清張の手土産にしていたという。その菓子とは？

①　豆大福　②　どら焼き　③　すあま　④　最中

小説・評論・他〔解答・解説〕

問1…①

問2…①

問3…④

〔解説〕 自由民権運動の宣伝・啓蒙手段として始まった政治小説も、やがて小説としての魅力を備えた作品を生み出すようになった。『経国美談』は、それが顕著な作品である。なお、『佳人之奇遇』は東海散士、『雪中梅』は末広鉄腸《すえひろてっちょう》、『西洋道中膝栗毛』は仮名垣魯文の作品。

問4…②

問5…④

〔解説〕 坪内逍遙は未《ひつじ》年生まれだったため、羊に関するものを蒐集した。また、逍遙自身も「小羊《しょうよう》」と名乗ることがあった。

問6…②

〔解説〕 幕末に「白浪五人男」や「三人吉三《きちさ》」を発表し人気を得た黙阿弥の筆は明治以降も衰えなかった。演劇の近代化を提唱する坪内逍遥も、黙阿弥のことは絶賛していたという。

問7…①

〔解説〕 『小説神髄』は、文学理論書であり、小説を芸術の一ジャンルとして明確に規定し、「仮作物語《つくりものがたり》」の歴史を、荒唐無稽な「ローマンス」から写実的な「ノベル」への発展ととらえることによって、現代文学における小説の優位性を説いている。

問8…②

〔解説〕 没理想論争は、半年以上続いた。

問9…③

〔解説〕 文芸協会とは、坪内逍遥を中心に結成された文化団体である。松井須磨子は文芸協会に所属する女優、島村抱月は同会指導者であった。松井須磨子と島村抱月の恋愛事件は、互いに既婚者だったこともあり、逍遥は両者に文芸協会からの脱退を命ずることになったのである。

問10…①

〔解説〕 山田美妙が明治二一年に発表した『夏木立』は「です」調の代表作。二葉亭四迷は「だ」調（『浮雲』明治二〇年）、尾崎紅葉は「である」調（『多情多恨』明治二九年）、樋口一葉は言文一致体を用いず、伝統的な雅文体を用いた。

問11…②

〔解説〕 シュールレアリスムは超現実主義、ナチュラリズムは自然主義、フェミニズムは女性の権利を男性のそれと同じにしようとする思想・運動のこと。

問12…②

〔解説〕 『舞姫』は森鷗外、『蝴蝶』は山田美妙、『小説神髄』は坪内逍遥の作品である。

問13…③
〔解説〕『浮雲』『其面影』は、二葉亭四迷の作品であるが、ツルゲーネフの翻訳ではない。
問14…③
〔解説〕長女・森茉莉と、三男・森類は文筆家。不律は生まれてすぐに夭逝している。森富は、森鷗外の長男・森於《お》菟《と》（オットー）の次男。鷗外が命名した最後の孫である。
問15…③
問16…③
〔解説〕長女・森茉莉の随筆（「鷗外の好きなたべもの」）に、父鷗外が「爪の白い清潔《きれい》な手でそれを四つに割り、その一つを御飯の上にのせ、煎茶をかけてたべるのである。」と紹介されている。
問17…④
〔解説〕エリート官僚・太田豊太郎《おおたとよたろう》がドイツ留学中に出会った女性エリスとの恋愛を描く『舞姫』は、鷗外自身といくつかの共通点がある。実際に鷗外を追うように来日したエリーゼ・ヴィーゲルトという女性は、鷗外の家族の説得により帰国させられたという。エリーゼを追い返した家族や、豊太郎の友人・相沢のモデルとされる友人の前で鷗外は『舞姫』を朗読して聞かせた。
問18…③
〔解説〕『しがらみ草紙』とは、森鷗外が主宰した月刊の文芸雑誌。一八八九（明治二二）年一〇月創刊。
問19…②
〔解説〕『即興詩人』は童話作家となる前のアンデルセンがイタリア旅行中の体験を綴ったもの。
問20…①
問21…①
問22…③
問23…①
問24…②
〔解説〕西洋賛美の反動としての復古的傾向を背景に形成された擬古典主義。代表として挙げられるのは、尾崎紅葉・幸田露伴など。
問25…④
〔解説〕尾崎紅葉・幸田露伴は、坪内逍遙・森鷗外などが小説創作から遠ざかった後の文壇に、「紅露《こうろ》の時代」（紅露時代とも）と呼ばれる一時期を形成した。
問26…①
〔解説〕硯友社《けんゆうしゃ》は、一八八五（明治一八）年尾崎紅葉・山田美妙らを中心に発足した。硯友社発行の『我楽多文庫』は、小説のみならず詩や短歌なども掲載した。創刊当時は肉筆回覧誌であった。
問27…④
〔解説〕幸田露伴の処女作『露団々』は、掲載誌『都の花』

の主筆山田美妙にも「大収穫」「天才」と評された（内田魯庵「露伴の出生咄」）。その後も露伴の人気は衰えることなく、七一歳の時の小説『幻談』が発表された時には、掲載誌『日本評論』の編集後記に「一九三八年になつて、大露伴の新作！　何んといふ素晴らしいことだ。」「たゞに今年度日本文学の一大慶事であるばかりではなく、わが文壇にとつて歴史的大事件でさへもある」と驚喜させたほど。

問28…①

問29…④

〔解説〕『文学界』は、キリスト教的女子啓蒙雑誌『女学雑誌』から独立して生まれた。北村透谷・島崎藤村・上田敏が中心メンバーで、樋口一葉も客員の立場で寄稿している。

問30…②

問31…③

〔解説〕樋口一葉は、一八八六（明治一九）年中島歌子の歌塾・萩の舎に入門し、一八九一（明治二四）年半井桃水に指導を受けるようになった。なお、『にごりえ』は一八九五（明治二八）年に発表された作品である。

問32…①

〔解説〕長崎県対馬市厳原町中村地区には、「半井桃水館」という半井桃水生家跡に建設された交流施設がある。

問33…②

問34…①

〔解説〕泉鏡花は潔癖症で、あんパンは裏表を炙って食べ、指でつまんだ部分は捨てていた。他に、大根おろしは煮て食べたなどの逸話がある（山本健吉「鏡花回想」など）。

問35…③

〔解説〕『厭世詩家と女性』は北村透谷、『不如帰』は徳冨蘆花、『しがらみ草紙』は森鷗外主宰の文芸雑誌。

問36…④

問37…③

問38…①

〔解説〕徳冨蘆花は、小説『不如帰』において、海軍少尉・川島武男男爵とその愛妻・浪子との愛情が、封建的家族制度のために破られる悲劇を描いた。ヒロインの「あゝ辛《つら》い！　辛い！　最早《もう》――最早《もう》婦人《をんな》なんぞに――生《うま》れはしませんよ」という叫びに主題が凝縮されている。

問39…④

問40…④

〔解説〕国木田独歩の忘れえぬ人々は、「恩愛の契りもなければ義理もない、ほんの赤の他人であって、本来をいうと忘れてしまったところで人情をも義理をも欠かないで、しかもついに忘れてしまうことのできない人」であった。

問41…①

〔解説〕『新生』出版後、母のない四人の子との生活を描いた『嵐』などの短編を発表、一九二九（昭和四）年から七年を費やして、父をモデルとした歴史小説の大作『夜明け前』を完成する。

問42…①

問43…②

問44…①

問45…④

〔解説〕 日本の近代文学の成立期（日露戦争の翌年〈明治三九〉から大正初年にかけて）、先駆となったのが、「観照」（ありのままにみつめること）のリアリズムを主流とした自然主義であった。正宗白鳥の作品には、『何処へ』などがある。

問46…②

問47…④

問48…②

〔解説〕 一八七八（明治一一）年九月二六日、本郷区元町一丁目旧玉藻小学校校舎（水道橋付近）を仮校舎として東京府第一中学を創立。一九五〇（昭和二五）年一月二六日東京都立日比谷高等学校と改称された。

問49…②

〔解説〕 夏目漱石宅には漱石の教員時代の教え子や芥川龍之介・久米正雄など多くの文学者たちが出入りしていた。はじめ会合の日は決まっていなかったが、一九〇六（明治三九）年一〇月一一日からは「木曜日の午後三時からを面会日と定候」（明治三九年一〇月七日付野村伝四宛書簡）。これが後に「木曜会」と呼ばれる所以《ゆえん》である。

問50…②

〔解説〕 久米正雄は、芥川龍之介の古くからの友人でもあり、芥川が遺稿『或阿呆の一生』の原稿を託したのは久米であったという。

問51…②

〔解説〕 『吾輩は猫である』は雑誌『ホトトギス』に発表された。

問52…①

〔解説〕 『吾輩は結核黴菌である』（角田隆著）『我輩も猫である』（高田保著）『吾輩は猫ではない』（江戸家猫八著）など多くのパロディが存在する。三島由紀夫も少年時代に『我はいは蟻である』（一九三七年、三島由紀夫文学館所蔵）という小品を書いている。ちなみに、「肩こり」は夏目漱石の造語。

問53…②

問54…③

問55…②

問56…③

問57…②

〔解説〕 『三四郎』『それから』に続く、夏目漱石前期三部作最後の作品。親友安井から妻を奪った後ろめたさを感じながら生きる野中宗助が『門』の主人公。「崖下の家にひっそりと暮らす宗助」である。なおポニョの本名「ブリュンヒルデ」はワーグナーの歌曲「ワルキューレ」から。

問58…②

〔解説〕はじめて先生の自宅を訪ねた「わたし」は先生の行き先を丁寧に教えられる。「先生は例月その日になると雑《ぞう》司《し》ヶ《が》谷《や》の墓地にある或《あ》る仏へ花を手向《たむ》けに行く習慣なのだそうである。」と。

問59…①

問60…①

〔解説〕大正九（一九二〇）年から昭和二〇（一九四五）年までの二五年間をすごしていた麻布の自宅「偏奇館」は東京大空襲で焼失。ちなみに「偏奇館」とは、外装の「ペンキ」と己の性癖の「偏倚」にかけた命名であるという。戦後、疎開先から戻った永井荷風は、頻繁に浅草のストリップ劇場の楽屋に出入りし、踊り子たちと交流を深めた。荷風と踊り子たちの写真も数多く残されている。

問61…②

〔解説〕フランス自然主義の代表作家エミール＝ゾラが主張した理論をゾライズム（科学的・実証主義的な小説論および表現技法）といい、人間の性格形成における「遺伝と環境」を特に重視した。ゾライストの作品としては、小杉天外の『はつ姿』『はやり唄』、永井荷風の『地獄の花』などがある。

問62…②

〔解説〕谷崎潤一郎が夫人の親類と不倫関係となり、佐藤春夫がそれに同情。佐藤春夫も妻帯者であったが妻とは不仲になっていたため、妻を離縁し、三者合意のもと、谷崎夫人が佐藤春夫の妻となった。佐藤春夫には谷崎夫人こと千代への思いを綴った『殉情詩集』がある。

問63…③

問64…①

〔解説〕『白樺』は一九一〇（明治四三）年の創刊。メンバーのほとんどが上流階級の家庭に育った学習院出身者である。武者小路実篤（学習院初等科・中等学科・高等学科）、志賀直哉（学習院初等科・中等学科・高等学科）、里見弴（学習院初等科・中等学科・高等学科）など。

問65…③

問66…②

問67…①

〔解説〕志賀直哉の作品『小僧の神様』をもじって名付けられたとされる。

問68…①

〔解説〕『城のある町にて』『のんきな患者』は梶井基次郎の小説。『武蔵野』は国木田独歩。

問69…①

〔解説〕 志賀直哉は、『続創作余談』(一九三八〈昭和一三〉年)で、「主人公謙作は大体作者自身、自分がさういふ場合にはさう行動するだらう、或ひはさう行動したいと思ふだらう、或ひは実際さう行動した、といふやうな事の集成と云つていい」と述べている。

問70…①

〔解説〕 有島武郎は学習院中等学科を卒業後、農学者を志し北海道大学の前身・札幌農学校に入学した。さらに卒業後、留学してハーバード大学でも学んでいる。

問71…②

〔解説〕 有島武郎が正解。

問72…①

〔解説〕 三男の英夫とは、里見弴《さとみとん》のこと。母の弟家の養子となっている。代表作に『善心悪心《ぜんしんあくしん》』『多情仏心《たじょうぶっしん》』など。

問73…④

〔解説〕 新思潮派は、東京帝国大学の学生たちが出していた同人雑誌『新思潮』によって文壇に出た人々のこと。芥川龍之介・菊池寛・久米正雄など。

問74…②

〔解説〕 生まれた年月日に因むといわれる。辰年・辰月・辰日に生まれたため、「龍之介」と名付けられた。

問75…①

問76…③

〔解説〕 一九二七(昭和二)年、芥川は、精神病患者の告白に仮託した文明批評『河童』、救いようのない深淵を描いた『玄鶴山房《げんかくさんぼう》』を発表。そして、七月二四日自殺した。芥川の命日は、作品『河童』に因んで「河童忌」、あるいは俳号により「我鬼忌《がきき》」と呼ばれる。

問77…①

問78…③

〔解説〕 『蔵の中』は宇野浩二、横溝正史、松本清張らが作品タイトルとして発表している。

問79…④

問80…②

問81…①

〔解説〕 同人雑誌『奇蹟』(一九一二〈大正元〉年創刊)に拠った広津和郎・葛西善蔵らは、自然主義を受け継ぎ、日常生活に密着した小説によって「私小説」を定着させた。

問82…④

問83…③

問84…③

〔解説〕 「私はNセメント会社の、セメント袋を縫う女工です。私の恋人は破砕器《クラッシャー》へ石を入れることを仕事にしていました。そして十月の七日の朝、大きな石を入れる時に、その石と一緒に、クラッシャーの中へ嵌《はま》りました。……此セメントを使った月日と、それから委《くわ》しい所書と、どんな場所へ使ったかと、それにあなたのお名前も、御迷惑でなかったら、是非々々お知らせ下さいね。あなたも御用心なさいませ。さようなら。」(葉山嘉樹『セメント樽の中の手紙』)

問85…③

問86…②

〔解説〕作者は、小林多喜二が正解。

問87…①

問88…②

問89…④

問90…②

〔解説〕松尾芭蕉の家系が正解。

問91…③

〔解説〕横光利一の短編小説『蠅』である。真夏の宿場でそれぞれの事情を抱えた人が馬車を待ち、やがて馬車は発車する。だが馭者《ぎょしゃ》の居眠りにより馬車は客たちを乗せたまま崖下に転落する。それを見ていたのは、馬の背についてきた蠅だけだった、というストーリー。

問92…①

〔解説〕川端康成は金銭感覚が希薄であった。ノーベル文学賞の賞金も当時二〇〇〇万円程度あったというが、高額な骨董美術品などを購入し、支出のほうが上回っていたという。

問93…③

問94…④

〔解説〕川端康成の「国境の長いトンネルを抜けると雪国であった」で知られる『雪国』の舞台は、越後湯沢(新潟県)である。

問95…①

〔解説〕江戸川乱歩の『黒蜥蜴』は、雑誌『日の出』一九三四(昭和九)年一月号~同年一二月号に連載された。なお、美輪明宏が黒蜥蜴を演じることで有名な舞台は、三島由紀夫脚本である。

問96…①

〔解説〕日本探偵小説三大奇書は、『ドグラ・マグラ』の他に、小栗虫太郎『黒死館殺人事件』、中井英夫『虚無への供物』。

問97…①

〔解説〕林芙美子の家は、現在「林芙美子記念館」として残っている。林芙美子は、新居建設のため建築に関する書を大量に読んで勉強したといわれ、その思い入れは格別であった。

問98…④

〔解説〕『田園の憂鬱』は佐藤春夫の作品。女優・川路歌子と東京郊外の田舎に同棲していた経験をもとに書かれた。

問99…②

〔解説〕出身校の福山中学校に池があり、そこで教員がオオサンショウオを飼っていた。井伏鱒二はその山椒魚を観察していたという。

問100…④

問101…③

問102…①

〔解説〕婚約者・矢野綾子がモデル。堀辰雄自身も肺結核を患いながら文筆活動をしていた。一九三四（昭和九）年に婚約。翌年、症状の重い綾子とともに、八ヶ岳山麓の富士見高原療養所にふたりで入院するも、同年冬に綾子は死去する。

問103…②

〔解説〕村山知義『白夜』、立野信之『友情』、林房雄『転向に就いて』、いずれも転向文学に分類される。

問104…④

〔解説〕小林秀雄は、梶井基次郎の小説『檸檬』を高く評価した。

問105…④

〔解説〕一九三八（昭和一三）年二月、火野葦平『糞尿譚』は第六回芥川龍之介賞を受賞した。その時、葦平は日中戦争に応召していたため、授賞式は戦地で行われたという。

問106…④

〔解説〕『狂人日記』は魯迅《ろじん》の作品。

問107…③

〔解説〕中島敦は、一九四一（昭和一六）年南洋庁国語教科書編集書記としてパラオに赴任、翌年彼がまだパラオにいる頃、『山月記』と『文字禍《もじか》』を収めた『古譚《こたん》』が国内で発表された。

問108…①

問109…②

問110…②

問111…①

〔解説〕三島の蟹嫌いは、父・平岡梓《ひらおかあずさ》による『倅・三島由紀夫』や澁澤龍彦「三島由紀夫覚書」（『三島由紀夫おぼえがき』所収）にも窺える。一方、太宰は蟹好きで、『津軽』では「私は蟹が好きなのである。どうしてだか好きなのである。蟹、蝦、しやこ、何の養分にもならないやうな食べものばかり好きなのである。」と述べる。ほか、『右大臣実朝』にも蟹好きの太宰ならではの描写が見られる。なお、三島は太宰に面と向かって「僕は太宰さんの文学は嫌いなんです」といっている。

問112…④

〔解説〕「ニツポンのフジヤマを、あらかじめ憧《あこが》れてゐるからこそ、ワンダフルなのであつて、さうでなくて、そのやうな俗な宣伝を、一さい知らず、素朴な、純粋の、うつろな心に、果して、どれだけ訴へ得るか、そのことになると、多少、心細い山である。低い。裾のひろがつてゐる割に、低い。あれくらゐの裾を持つてゐる山ならば、少くとも、もう一・五倍、高くなければいけない。」

問113…④
〔解説〕昭和初期の資生堂最高級ブランド「ドルックス」は蔓バラ（西洋唐草）をあしらったもの。戦時中に一時製造停止となるも復刻され、いまも健在。「資生堂パーラー」でもお菓子の箱や包装紙に蔓模様が使われている。

問114…③

問115…③

問116…①
〔解説〕『青春の門』は五木寛之の小説である。

問117…③
〔解説〕坂口安吾は「絶対犯人を当てられない探偵小説を書く」といって、『不連続殺人事件』を書いた。

問118…①
〔解説〕大岡昇平の作品は、戦争物だけではなく、『事件』という推理作家協会賞受賞作品もある。

問119…①

問120…④
〔解説〕『道程』は高村光太郎の処女詩集である。

問121…①

問122…②
〔解説〕三島由紀夫は、東京帝国大学法学部出身である。

問123…③
〔解説〕『花ざかりの森』は、王朝文芸の伝統を受け継いだ、いわば滅びの美意識に彩られた作品として、三島由紀夫の早熟な文才を世に印象づけた。また、この作品は、「三島由紀夫」のペンネームを使った初めての小説であるという。当時、一九四四（昭和一九）年。東京帝国大学法学部に入学したばかりであった三島由紀夫は、「これで私は、いつ死んでもよいことになつたのである」と後に述べている。

問124…③

問125…②

問126…④
〔解説〕詩人の父は吉行エイスケ、美容師の母はあぐり。吉行淳之介の他、第三の新人には、安岡章太郎・小島信夫・庄野潤三・遠藤周作らがいる。

問127…④

問128…①
〔解説〕石原慎太郎の『太陽の季節』は、第三四回芥川龍之介賞を受賞した。この小説に影響を受けた若者を俗に「太陽族」という。

問129…④

問130…①
〔解説〕開高健は一九五九年、武田麟太郎は一九三二年に『日本三文オペラ』という小説を出版した。

問131…②

問132…③

〔解説〕「美しい日本の私」は川端康成の受賞講演タイトルである。大江健三郎の「あいまいな日本の私」は川端康成のそれをもじったもの。

問133…②

〔解説〕実際『死者の奢り』に登場するのは「死体運び」である。難解な大江の文章は読んでいること自体がステータスともされていたため、「死体運びを知っている、イコール、大江健三郎を読んでいる」という自意識を伴って流布したのではないか、という説もある。ただし、なぜ「死体運び」が「死体洗い」になったのか、など作品との相違についての疑問も残っている。

問134…②

〔解説〕大江健三郎は『ヒロシマ・ノート』で、一九六三年と一九六四年の原爆禁止世界大会に参加した経験をもとにしたルポルタージュと、見聞きした原爆にまつわるエピソード、原爆症と闘う人々などを描写した。

問135…①

〔解説〕安部公房の死後『飛ぶ男』などの遺作がワープロのフロッピーディスクから発見されたという。

問136…①

〔解説〕第二五回芥川龍之介賞を受賞している。石川利光『春の草』と同時受賞であった。

問137…③

〔解説〕安部公房スタジオには、岸田今日子や仲代達矢なども参加している。

問138…①

〔解説〕『楡家の人びと』は、病院一族の人々の運命を三代にわたる時代相や風俗の移り変わりを背景として描いた大作。『夜と霧の隅で』でも北杜夫の作品で、第二次世界大戦時、ナチスによって精神障害者の抹殺が命じられた時、与えられた状況のなかで考え得る限りの抵抗を続けた医師団の苦闘を描く。『海と毒薬』『沈黙』は遠藤周作の作品。

問139…①

〔解説〕華岡青洲は、江戸時代に世界で初めて麻酔を用いた手術を成功させた外科医である。『華岡青洲の妻』は、江戸時代を舞台に、麻酔手術の開発のため、その実験台となって華岡青洲に奉仕する母と嫁の愛憎を描いた作品である。

問140…④

〔解説〕一九六九年から『週刊現代』に連載された。

問141…①

〔解説〕伊藤整は、チャタレイ事件の当事者として体験ノンフィクション『裁判』を書いている。

問142…②

〔解説〕村上鬼城は俳人。

問143…②

〔解説〕水田仙吉、里見巻子は登場人物名。

問144…②

問145…③

問146…①

〔解説〕三浦哲郎は、一九六〇年自身の結婚前後のいきさつを描いた『忍ぶ川』で芥川龍之介賞を受賞した。『ユタとふしぎな仲間たち』は、東京から東北ののどかな村に転校してきた少年「勇太《ユタ》」の物語。村の子供たちになじめず、いじめられる毎日を送るユタを見守っていた「寅吉爺さん」は、ある日、村に伝わる「座敷わらし」の話をするという内容のもの。

問147…②

〔解説〕頭が平らであったため、「ルート（√）」と呼んだ。

問148…④

問149…①

〔解説〕谷崎潤一郎は東京市日本橋区（現東京都中央区）に生れ、関東大震災後に地震を恐れて関西へ移住した。

問150…④

〔解説〕坪内逍遙・戯曲『お七吉三』（『新日本』）、真山青果『八百屋お七』（『婦人公論』）、舟橋聖一『お七と吉三』（『小説世界』）・『お七花体』など（竹野静雄『江戸の恋の万華鏡―『好色五人女』』参照）。

問151…①

〔解説〕三浦綾子と遠藤周作は作家自身がクリスチャンである。武者小路実篤には『耶蘇』『ユダの弁解』『ヨハネ、ユダの弁解を聞いて』などの小説がある。

問152…③

〔解説〕築地小劇場では、築地警察署で特別高等警察の拷問により死亡した小林多喜二の労農葬も執り行われたという。東京都中央区築地には、今も築地小劇場跡の碑（碑文は里見弴による）が残る。

問153…②

〔解説〕『花咲く港』は菊田一夫、『第一の世界』は小山内薫、『夕鶴』は木下順二の戯曲である。

問154…①

〔解説〕木下順二の作品には、ゾルゲ事件を題材とした『オットーと呼ばれる日本人』、東京裁判を題材とする『神と人とのあいだ』などがある。

問155…②

〔解説〕芥川龍之介『河童』、火野葦平『石と釘』、草野心平『河童と蛙』、水木しげる『河童の三平』など。

問156…②

〔解説〕笙野頼子は、一九九一年野間文芸新人賞、一九九四年三島由紀夫賞及び芥川龍之介賞を受賞している。

問157…④

問158…②

〔解説〕『万葉集』は大伴家持が編纂したとされる最古の和歌集である。『蟹工船』（小林多喜二の小説）は一九五三・二〇〇九年、『火垂るの墓』（野坂昭如の小説）は一九八八年、『蛇にピアス』（金原ひとみの小説）は二〇〇八年映画公開された。

問159…①

＊　＊　＊

◆番外編◆（解答・解説）

問1…③

〔解説〕「行きませう。上野にしますか。芋坂へ行って團子を食いましょうか。先生あすこの團子を食ったことがありますか。奥さん一辺行って食って御覧。柔らかくて安いです。酒も飲ませます。」（『吾輩は猫である』）。現在でも羽二重団子は芋坂に本店を構えており、関東の百貨店などでも購入出来る。

問2…②

〔解説〕永井荷風は死の直前まで浅草に通ってアメリカやフランスの映画を見、毎日尾張屋に通ってかしわ南蛮を食べていた。偏屈な荷風は頑としてかしわ南蛮以外を食べなかったが、店の女将によると天ぷらそばの方がおすすめとのこと。浅草は尾張屋のほか洋食のアリゾナ・キッチンも荷風が通った店として知られている。

問3…④

〔解説〕紀行文『阿房列車《あほうれっしゃ》』の「春光山陽特別阿房列車」に「大手饅頭なら潰されてもいい」と述べ、百閒の他の著作にも大手饅頭は登場している。大手饅頭は薄皮の酒饅頭であり、岡山県内の各店他、県外百貨店などでも購入出来る。

問4…②

〔解説〕創業者・高田壮一郎氏がフランス修行から帰り、店を開いた昭和三五年に川端康成が推薦文を寄せている。川端康成は酒が全く飲めない甘党であり、他にも長明寺の桜餅・言問団子など、川端が愛したと伝えられる菓子は多い。なお、森鷗外は大正一一年没、萩原朔太郎は昭和一七年没であるためＣＡＤＯＴの菓子は食べられない。

問5…①

〔解説〕創業大正五年の群林堂は現在二代目。講談社の向かいにあり、文豪にも絶賛された豆大福は大変人気が高い。賞味期限が当日中のため地方発送などは不可。

詩歌・他〔練習問題〕

□問1　詩の近代化初の試み『新体詩抄《しんたいししょう》』。次に挙げる学者・井上哲次郎の提唱に当てはまる言葉は？

「夫《そ》レ明治ノ歌ハ、明治ノ歌ナルベシ、古歌ナルベカラズ、日本ノ詩ハ日本ノ詩ナルベシ、〔　　〕ナルベカラズ、是レ新体ノ詩ノ作ル所以《ゆえん》ナリ」

①　西洋詩　②　童謡　③　唐詩　④　漢詩

□問2　次の説明が正しければ○、間違っていれば×を選びなさい。

「文明開化の風潮の中、短歌・俳句・漢詩などの従来の伝統的な文芸と区別するために使用され、西洋詩を模倣して新時代の思想や感情を表現した詩を一般的に「新体詩」と呼ぶ。」

①　○

②　×

□問3　ドイツ留学から戻った森鷗外が、新声社を作り、西洋詩・漢詩・『平家物語』の一節などを、工夫をこらして翻訳した訳詩集は？

①　於母影《おもかげ》　②　蓬萊曲《ほうらいきょく》　③　新体詩抄　④　新体詩歌

□問4　次の説明にあてはまる人物は誰？

「出身地である信州の風土と、家庭環境が、この作家自身とその文学を形成する根幹となっている。自然の風物の写生を経て、詩から散文に。社会・家を客観的に見る眼は自然主義の立場をとるが、浪漫的な資質は自己告白に進み、自伝的小説ないし私小説への傾斜を強めていった。代表作に詩集『若菜集』、小説『破戒』『夜明け前』などがある。」

①　島崎藤村　②　中野重治《なかのしげはる》

③　北村透谷《きたむらとうこく》　④　北原白秋《きたはらはくしゅう》

□問5　幸田露伴と尾崎紅葉が活躍した時代を称して「紅露の時代」、では北原白秋と三木露風《みきろふう》の時代を称してなんという？

①　北風の時代　②　白露の時代

③　秋風の時代　④　秋露の時代

□問6　「パンの会」は、明治末期、『スバル』系の詩人北原白秋らと美術同人誌『方寸《ほうすん》』に集まっていた画家・石井柏亭《いしいはくてい》らが興した文学や美術交流の会である。「パン」の語源とは？

①　ピーター・パン　②　牧神パン

③　シャンパン　④　食パン

□問7　次の説明が正しければ○、間違っていれば×を選びなさい。

「北原白秋は、早稲田大学英文科予科を中退後、『屋上庭園』『地上巡礼』等数々の雑誌を創刊主宰する。画家との親交が深く、黒田清輝《くろだせいき》が『屋上庭園』創刊号の表紙を飾った。」

①　○

②　×

□問8　『道程』『智恵子抄』など詩人としても知られる高村光太郎は、彫刻家・美術家であり、その青年期の自画像はあるレストランに飾られている。そのレストランとは？

①　上野精養軒　②　うかい亭

③　新宿中村屋　④　霧笛楼

□問9　映画『ゲド戦記』（製作・スタジオジブリ、監督・宮崎吾朗）の劇中挿入歌「テルーの唄」の歌詞は、ある詩人の作品に着想を受け書かれたものである。その詩人とは？

①　谷川俊太郎　②　萩原朔太郎《はぎわらさくたろう》

③　金子みすゞ　④　高村光太郎

□問10 『世界の中心で愛をさけぶ』の主人公の名前の由来ともなった詩人で、『月に吠える』などの詩集を刊行した人物を選びなさい。

① 萩原朔太郎　② 谷川俊太郎
③ 草野心平《くさのしんぺい》　④ 立原道造

□問11 詩集『月に吠える』に収載された以下の詩に当てはまる語は？

「光る地面に〔　〕が生え、／青〔　〕が生え、／地下には〔　〕の根が生え」

① 草　② 黴《かび》
③ 竹　④ 茸

□問12 室生犀星《むろうさいせい》の詩集『抒情小曲集《じょじょうしょうきょくしゅう》』に収められた「小景異情《しょうけいいじょう》 その二」は「〔　〕は遠きにありて思ふもの」と始まる。〔　〕に当てはまる語は？

① ともだち　② おもひで
③ ふるさと　④ まぼろし

□問13　詩「断言はダダイスト」などで知られる人物は？

①　高橋新吉　②　中野重治

③　中原中也《なかはらちゅうや》　④　草野心平

□問14　次の説明にあてはまる人物は誰？

「山口県生まれ。若年から生活奔放、奇行多く、ダダイストとして出発。ランボー、ヴェルレーヌに傾倒。『白痴群』『紀元』『歴程』『四季』などに参加。新鮮な視覚を持つ詩語で人生の倦怠と傷心をうたった。代表作に『山羊《やぎ》の歌』『在《あ》りし日の歌』などがある。」

①　萩原朔太郎　②　里見弴《さとみとん》

③　室生犀星　④　中原中也

□問15　次の説明が正しければ○、間違っていれば×を選びなさい。

「宮沢賢治は、俗に「かえるの詩人」と呼ばれた詩人である。」

①　○

②　×

□問16　**茨木のり子の詩「わたしが一番きれいだったとき」で、「わたしはとてもふしあわせ」だったという。そのため、「わたし」はある決意をした。その決意とは？**

①　食生活に気をつけよう
②　長生きをしよう
③　たくさん恋しよう
④　お化粧しよう

□問17　**次の説明が正しければ○、間違っていれば×を選びなさい。**

「谷川俊太郎は、一九七九（昭和五四）年から二〇〇七（平成一九）年まで『朝日新聞』紙上に「折々のうた」を連載していた。」

①　○
②　×

□問18　**情熱の詩人、与謝野晶子の代名詞ともなったことばを以下の歌にあてはめなさい。**

「［　　］あつき血汐にふれも見でさびしからずや道を説く君」

①　やは肌の　②　君死にて
③　みだれ髪　④　明星の

□問19　日本人でありながら、子供に「アウギュスト」「エレンヌ」という名前をつけた作家は？

①　与謝野晶子　②　北原白秋
③　江戸川乱歩　④　尾崎紅葉

□問20　雑誌『明星《みょうじょう》』に短歌を発表、歌集『みだれ髪』や『源氏物語』の現代語訳などでも知られる女性は？

①　山川登美子　②　増田雅子
③　与謝野晶子　④　茨木のり子

□問21　次の説明にあてはまる人物は誰？

「夏目漱石と学友。脊椎カリエスの病床で俳句・短歌の革新運動を推進。与謝蕪村を高く評価し、写生説を唱えた。代表作に『寒山落木《かんざんらくぼく》』『仰臥漫録《ぎょうがまんろく》』などがある。」

①　東海散士《とうかいさんし》　②　正岡子規《まさおかしき》
③　末広鉄腸《すえひろてっちょう》　④　西周《にしあまね》

□問22　新聞『日本』に連載された『歌よみに与ふる書』の作者は？

①　北原白秋　②　高村光太郎
③　谷川俊太郎　④　正岡子規

□問23　正岡子規の随筆集で、明治三五（一九〇二）年五月五日から死の二日前の九月一七日まで新聞『日本』に連載された作品は？

①　病牀六尺《びょうしょうろくしゃく》　②　墨汁一滴
③　仰臥漫録　④　獺祭書屋俳話《だっさいしょおくはいわ》

□問24　次の説明にあてはまる人物は誰？

「正岡子規に入門し、その写生主義を継承、「冴え」を説く。農民文学の最高傑作といわれる『土』や、結核の発病、婚約の解消などの悲痛な境遇下での絶唱『鍼《はり》の如く』を頂点とする数々の名歌を残した。」

①　宮沢賢治　②　和辻哲郎《わつじてつろう》
③　高浜虚子　④　長塚節《ながつかたかし》

□問25　次の説明にあてはまる人物は誰？

「短歌雑誌『馬酔木《あしび》』『アララギ』を主宰。土屋文明《つちやぶんめい》など多くの逸材を輩出した。小説『野菊の墓』は「自然で、淡泊で、可哀想で、美しくて、野趣があって結構です。あんな小説なら何百篇読んでもよろしい」と夏目漱石に激賞された。」

①　伊藤左千夫《いとうさちお》　②　長塚節

③　斎藤緑雨　④　北原白秋

□問26　次の説明が正しければ○、間違っていれば×を選びなさい。

「石川啄木と宮沢賢治は同じ県の出身である。」

①　○

②　×

□問27　石川啄木が短歌に用いた新形式とは？

①　初句切れ　②　仮名書き

③　言文一致　④　三行書き

□問28 日常の感情を重視し、日常生活に密着した歌を詠む「生活派」の代表的歌人石川啄木の歌集は？

① 悲しき玩具　② 白き山

③ NAKIWARAI　④ 黄昏に

□問29 次の説明が正しければ○、間違っていれば×を選びなさい。

「貧困と夭折で知られる悲劇の歌人、石川啄木は一九歳で結婚をするが、金策のために自分の結婚式を欠席し、結婚式は新郎不在のまま行われた。」

① ○

② ×

□問30 『どくとるマンボウ昆虫記』などの著作で有名な北杜夫《きたもりお》の父は、有名な歌人である。その人物とは？

① 与謝野晶子　② 斎藤茂吉

③ 金子みすゞ　④ 長塚節

□問31　『死者の書』『古代研究』などを著し、釈《しゃく》迢空《ちょうくう》の名で歌人としても活躍した民俗学・国文学研究者は？

①　折口信夫　②　柳田國男《やなぎたくにお》
③　正岡子規　④　土屋文明

□問32　劇団「天井桟敷《てんじょうさじき》」の主宰者であり、一九六五年に歌集『田園に死す』を出版した人物とは？

①　寺山修司　②　塚本邦雄
③　近藤芳美《こんどうよしみ》　④　斎藤茂吉

□問33　俵万智の第一歌集『サラダ記念日』。「〔　　〕と君が言ったから七月六日はサラダ記念日」の〔　　〕に当てはまる言葉は？

①　「一緒に食べるとおいしいね」
②　「この味がいいね」
③　「きれいな野菜だね」
④　「野菜を作ろう」

□問34 「柿食へば鐘が鳴るなり法隆寺」の句で有名な人物は？

① 北原白秋　② 高村光太郎
③ 谷川俊太郎　④ 正岡子規

□問35 正岡子規と同級、新聞『日本』の俳句欄を担当した俳人「河東碧梧桐」の読みは？

① かとうへきごとう　② かわとうへきごとう
③ かわひがしへきごとう　④ かひがしへきごとう

□問36 高浜虚子の伝統的傾向に対し、河東碧梧桐は自由律・無季俳句を作っている。碧梧桐の推奨する俳句を総称して何と呼ぶ？

① 無型俳句　② 無季俳句
③ 新傾向俳句　④ 新自然俳句

□問37　最後の元老・西園寺公望《さいおんじきんもち》からの招待を断る際、「時鳥厠半《ほととぎすかわや》ばに出かねたり」の句を葉書に書き添えて送った人物は？

①　正岡子規　②　飯田蛇笏《いいだだこつ》

③　夏目漱石　④　森鷗外

□問38　野球を題材とした短歌・俳句を数多く詠み、「野球」の雅号《がごう》も用いたことがある正岡子規。その雅号の読み方とは？

①　やきゅう　②　ぼーる

③　たま　④　のぼーる

□問39　芥川龍之介を惹きつけた句「死病得て爪美しき火桶かな」。この句の作者は？

①　正岡子規　②　飯田蛇笏

③　夏目漱石　④　森鷗外

□問40 禅僧として放浪の旅に出、漂泊生活を題材に句を作った、『草木塔』などの句集で知られる人物とは？

① 種田山頭火《たねださんとうか》　② 荻原井泉水《おぎわらせいせんすい》

③ 与謝野晶子　④ 河東碧梧桐

□問41 次の説明にあてはまる人物は誰？

「山頭火と双璧をなす自由律俳人。東大法科卒業後、保険会社に勤めた元エリート。酒と放浪と句作に身を委ね「咳をしても一人」など多くの秀作を残した。代表作に『大空』などがある。」

① 尾崎放哉《おざきほうさい》　② 小杉天外《こすぎてんがい》

③ 島木赤彦　④ 若山牧水《わかやまぼくすい》

□問42 角川文化振興財団の主催で行われ、俳句界では最も権威ある賞とされているのは何賞？

① 迢空賞　② 蛇笏賞

③ 芭蕉賞　④ 一茶賞

□問43 『こがね丸』『三角と四角』などを著し、近代日本児童文学を開拓した作家は？

① 巌谷小波《いわやさざなみ》　② 小川未明《おがわみめい》

③ 新美南吉《にいみなんきち》　④ 坪田譲治《つぼたじょうじ》

□問44 児童雑誌『赤い鳥』の主宰者は？

① 小川未明　② 鈴木三重吉《すずきみえきち》

③ 芥川龍之介　④ 高浜虚子《たかはまきょし》

□問45 雑誌『赤い鳥』出身の児童文学作家・新美南吉の作品ではないものは？

① ごん狐　② おぢいさんのランプ

③ オツベルと象　④ 手袋を買いに

□問46 『赤い蝋燭と人魚』『野ばら』で知られる童話作家は？

① 宮沢賢治　② 新美南吉

③ 立原道造《たちはらみちぞう》　④ 小川未明

□問47 狩猟に出た二人の青年紳士が山奥で見つけた西洋料理店。そこは服を脱がせたり、調味料を体に塗らせたりする『注文の多い料理店』であった。この物語の作者は？

① 横光利一　② 梶井基次郎

③ 室生犀星　④ 宮沢賢治

□問48 次の説明が正しければ○、間違っていれば×を選びなさい。

「『雨ニモマケズ』の質素な暮らしで知られる宮沢賢治だが、生家はもっと貧しく『一日ニ玄米四合ト味噌ト少シノ野菜』を食べることはむしろ贅沢だった。」

① ○

② ×

詩歌・他〔解答・解説〕

問1…④
問2…①
問3…①
〔解説〕『於母影』の流麗な翻訳は高く評価された。『蓬萊曲』は北村透谷、『新体詩抄』は外山正一ら、『新体詩歌』は竹内節の編である。
問4…①
問5…②
〔解説〕「はくろのじだい」と読む。
問6…②
〔解説〕パンはギリシア神話に登場する牧神。
問7…①
問8…③
〔解説〕中村屋創業者の相馬夫妻は芸術家と親交が深く、交友の場は「中村屋サロン」とよばれた。彫刻家・荻原守衛《おぎわらもりえ》の縁で光太郎も中村屋サロンに出入していたという。光太郎の自画像が飾られているのは新宿中村屋の三階。なお、詩人として認識されることの多い高村光太郎だが、生業は生涯を通じて彫刻家・画家であった。
問9…②
〔解説〕「テルーの唄」は、監督・宮崎吾朗が、萩原朔太郎の詩「こころ」を参考に作詞したという。

問10…①
問11…③
〔解説〕『月に吠える』は、萩原朔太郎の詩集。問題文の詩はタイトルも「竹」。
問12…③
〔解説〕「ふるさとは遠きにありて思ふもの／そして悲しくうたふもの／よしや／うらぶれて異土の乞食《かたゐ》となるとても／帰るところにあるまじや……」
問13…①
〔解説〕「ダダ」とは、無意味・片言の意であり、ダダイズムは、伝統的な形式美や既存の芸術・世界観などに対して極端に反抗し、絵画・音楽・舞踏・詩歌などの限界を意識的に破壊しようとする。高橋新吉は、フランスの詩人ツァラのダダ宣言に感銘してダダ詩人となった。その作品『断言はダダイスト』は、「DADAは一切を断言し否定する」ではじまる。他代表作は詩集『ダダイスト新吉の詩』。
問14…④
問15…②
〔解説〕「かえるの詩人」と呼ばれたのは草野心平。
問16…②
〔解説〕「……わたしが一番きれいだったとき／わたしはとてもふしあわせ／わたしはとてもとんちんかん／わたしはめっぽうさびしかった／／だから決めた　できれば長生き

することに／年とってから凄く美しい絵を描いた／フランスのルオー爺さんのように／ね」。この、『見えない配達夫』に載録された「わたしが一番きれいだったとき」には、作者の戦争体験が反映されている。

問17…②

〔解説〕『朝日新聞』の創刊は一八七九（明治一二）年一月二五日。大岡信の「折々のうた」は、『朝日新聞』の一〇〇周年を記念してスタートした（岩波新書『折々のうた』）。

問18…①

〔解説〕「やは肌の晶子」といわれた。

問19…①

問20…③

〔解説〕与謝野晶子は、一九〇〇（明治三三）年新詩社社友となった。

問21…②

問22…④

〔解説〕正岡子規は、『古今和歌集』を否定し、『万葉集』を評価して、江戸時代までの形式にとらわれた和歌を批判しつつ、俳句・短歌に並んで文章革新運動を起こした。

問23…①

〔解説〕正岡子規は芭蕉以上に与謝蕪村を評価し、知識・理屈よりも感情を、空想よりも写実を説いた。肺結核から脊椎カリエスを患った正岡子規は、三四歳にして「病牀六尺、これが我世界である」という境遇にあった。『病牀六尺』は日記風に綴られた随筆であるが、内容は文学論・教育論・文明批評等多岐にわたっている。また、子規は、新聞『日本』との関係が深く、『獺祭書屋俳話』も『日本』で発表しているため、日本派と呼ばれる。

問24…④

問25…①

〔解説〕作品の舞台は、千葉県松戸市矢切《やぎり》付近。同地区には、『野菊の墓』の一節を刻んだ文学碑がある。門人土屋文明の筆による。

問26…③

〔解説〕石川啄木は一八八六（明治一九）年、岩手県南岩手郡日戸村（現在の盛岡市玉山区日戸）出身。宮沢賢治は一八九六（明治二九）年、岩手県稗貫郡里川口村（現在の花巻市）の出身。この他、金田一京助も岩手県の出身で啄木とは岩手県立盛岡中学校（現・盛岡第一高等学校）時代の先輩後輩の間柄である。生活苦で知られる啄木は金田一京助にたびたび金を用立ててもらっていたが、そのほとんどは浅草の娼妓と遊ぶのに費やされていた。

問27…④

問28…①

〔解説〕石川啄木は、多くの小説を発表したが、文壇にはなかなか認められず、朝日新聞社の校正係に就職。三行書き短歌が歌壇に認められ、「朝日歌壇」の選者に抜擢される。歌集名の『悲しき玩具』は、載録されている歌論の一節「歌は私の悲しい玩具である。」による。『ＮＡＫＩＷＡＲＡＩ』『黄昏に』は同じ生活派歌人土岐哀果《ときあいか》の歌集、『白き山』は斎藤茂吉の歌集である。

問29…①

〔解説〕 明治三八（一九〇五）年処女詩集『あこがれ』を刊行後、五月一二日に郷里の盛岡で結婚式をあげるはずだった。しかし東京から帰郷する途中、仙台で下車。金策のために土井晩翠をたずねたという。そのまま仙台に滞在し、啄木が盛岡に到着したのは六月四日だった。

問30…②

〔解説〕 与謝野晶子・金子みすゞは女性。与謝野晶子の、日露戦争で旅順口包囲軍の中にある弟を歎いて詠んだ「君死にたまふことなかれ」はあまりにも有名。金子みすゞは、大正時代末期から昭和時代初期にかけて活躍した童謡詩人。彼女の才能は、西條八十《さいじょうやそ》に「若き童謡詩人の中の巨星」と賞賛されたほど。現在でもその人気は衰えることなく、ＣＤリリースもされている。

問31…①

問32…①

〔解説〕 一九七四年の映画『田園に死す』では雛人形の川下りが印象的。

問33…②

問34…④

問35…③

問36…③

〔解説〕 高浜虚子は『ホトトギス』に連載された『進むべき俳句の道』という評論で、「有季定型」を堅持する俳論を述べている。

問37…③

〔解説〕 「時鳥《ほととぎす》がよい声で鳴いているがトイレの最中なので出られない」と、西園寺公望からの招待を『虞美人草《ぐびじんそう》』の連載で多忙のため断っている。同時に、時鳥の声を厠で聞くことは不吉である、という『酉陽雑俎《ゆうようざっそ》』（中国唐代の百科事典的随筆）に典拠がある迷信も織り込まれており、いかにも漱石らしい反骨精神がみられる。漱石には文学博士号を頑なに辞退した、という逸話もある。

問38…④

〔解説〕 雅号とは、文人・画家・書家などが、本名以外につける風雅な名のこと。俳人であれば俳号ともいう。明治二三年二月、随筆『筆まかせ』に「野球」が初めて見られ、幼名「升《のぼる》」から「のぼーる」と読ませている。なお、夏目漱石の俳号「愚陀仏《ぐだぶつ》」の由来は定かではないが、愛媛県松山市に赴任していた際、下宿していた愚陀仏庵に因むという説がある。愚陀仏庵には、ある一時期、正岡子規も居候しており、一階に子規、二階に漱石が住んでいたという。また一説には、子規が「愚陀仏がいる庵」と呼称しているところから、子規が名付けたともいわれる。

問39…②

〔解説〕 飯田蛇笏作。芥川龍之介はエッセイに「或時歳時記の中に「死病得て爪美しき火桶かな」と云う蛇笏の句を発見した。この句は蛇笏に対する評価を一変する力を具えていた。僕は「ホトトギス」の雑詠に出る蛇笏の名前に注意し出した。」と書いている（芥川龍之介「飯田蛇笏」）。

問40…①

〔解説〕 「分け入つても分け入つても青い山」や「どうしようもないわたしが歩いてゐる」などの句が有名。

問41…①

問42…②

〔解説〕 飯田蛇笏は九歳の頃より俳句に関心を持ちはじめたといわれている。

問43…①

問44…②

〔解説〕 児童雑誌『赤い鳥』の主宰者鈴木三重吉は、「子供の純性を保全開発するため」の運動を展開し、芸術的な童謡（北原白秋・西条八十《さいじょうやそ》・野口雨情《のぐちうじょう》ら）を生み出す原動力にもなった。

問45…③

〔解説〕 『オツベルと象』は宮沢賢治の作品。

問46…④

問47…④

〔解説〕 宮沢賢治は、森岡高等農林学校の出身で、のちには稗貫農学校（現・県立花巻農業学校）の教諭にもなる。『注文の多い料理店』は、農学校教諭時代書かれたものである。最後に自分たちが料理されていることに気付いて慌てるさまを描き、放恣《ほうし》な階級を批判したといわれる。

問48…②

〔解説〕 宮沢賢治は古着屋と質屋を営む裕福な家に生まれた。貧しい農民から搾取する家業に賢治は反発していたという。なお、賢治の好物として知られるサイダーも、当時は高級品で、一本あたりおよそかけそば四杯分であった。

近現代〔模擬試験〕

／80問

★64問正解で合格

□問1　現在のチラシ・折込み広告にあたる「引札《ひきふだ》」の広告文案を多数書いたことで知られる『西洋道中膝栗毛』の作者は？

①　仮名垣魯文　②　二葉亭四迷　③　山田美妙　④　十返舎一九

□問2　「天ハ人ノ上ニ人ヲ造ラズ人ノ下ニ人ヲ造ラズト云ヘリ」という一節で有名な福沢諭吉の書は？

①　学問のすゝめ　②　学問ヘスヽメ　③　学問をススメ　④　学問のすゞめ

□問3　坪内逍遥が教員を務めた、「都の西北」で知られる大学は？

①　東京大学　②　慶應義塾大学　③　早稲田大学　④　明治大学

□問4　『小説神髄』で有名な坪内逍遥の作品で、新歌舞伎の嚆矢《こうし》となったものは？

①　悪源太　②　桐一葉　③　藤十郎の恋　④　修禅寺物語

□問5　**次の説明に当てはまる用語は？**

「話しことばと書きことばの一致を目指した文体で、明治時代から発達した。」

①　和文体　②　言文一致体　③　口語文体　④　欧文体

□問6　**次の説明にあてはまる人物は誰？**

「語学知識人として日露戦争やロシア革命と関わりを持った。文士と国士の間を彷徨しつつ近代文学の先駆的役割を果たした。代表作に『小説総論』『浮雲』『其面影』『平凡』『あひびき』などがある。」

①　仮名垣魯文　②　東海散士

③　坪内逍遥　④　二葉亭四迷

□問7　**『山椒大夫』や『舞姫』で知られる医者兼作家は？**

①　前野良沢　②　森村誠一　③　坪内逍遥　④　森鷗外

□問8　**安楽死の問題を扱った森鷗外の小説は？**

①　山椒大夫　②　高瀬舟　③　阿部一族　④　舞姫

□問9　次の説明が正しければ○、間違っていれば×を選びなさい。

「尾崎紅葉の小説『金色夜叉』では、お宮を蹴り飛ばす貫一、の場面がよく知られている。熱海にある銅像では下駄を履いている貫一だが、紅葉の原作では革靴となっている。」

①　○

②　×

□問10　次の説明が正しければ○、間違っていれば×を選びなさい。

「『我楽多文庫』は、尾崎紅葉を中心とした硯友社の機関誌である。一八八五（明治一八）年創刊当時は肉筆回覧誌であった。」

①　○

②　×

□問11　幸田露伴の処女作は？

①　露団々　②　法華経　③　華厳経　④　幻談

□問12　『厭世詩家と女性』で斬新な評論家として一躍有名になった人物とは？

①　北村透谷　②　島崎藤村　③　上田敏　④　国木田独歩

□問13 樋口一葉の小説『たけくらべ』の主人公の名前は？

① かおり ② 美登利 ③ 朱美 ④ 奈緒美

□問14 極端な潔癖症だった泉鏡花は、自分の好きなある食べ物に含まれる「字」が苦手だった。その食べ物とは？

① 茶わん蒸し ② とうふ ③ ぶり大根 ④ くず餅

□問15 次の説明が正しければ○、間違っていれば×を選びなさい。

「徳富蘇峰と徳富蘆花は兄弟である。」

① ○

② ×

□問16 『武蔵野』『忘れえぬ人々』『牛肉と馬鈴薯』などの作品で有名な自然主義の先駆者は？

① 北村透谷 ② 高山樗牛 ③ 徳冨蘆花 ④ 国木田独歩

□問17　浪漫的抒情詩人として文名を得た島崎藤村は、四つの詩集を編んだ後、散文の方向に転じた。その最初の試みとして発表された作品とは？

①　千曲川のスケッチ　②　多摩川のスケッチ

③　荒川のスケッチ　④　千川のスケッチ

□問18　田山花袋の作品でないものは？

①　重右衛門の最後　②　田舎教師

③　蒲団　④　破戒

□問19　岩手県遠野町（現・遠野市）出身の佐々木喜善（小説家・民話蒐集家）によって語られた民話を、柳田國男が編纂し出版した書は？

①　岩手物語　②　遠野物語　③　岩手神話　④　遠野神話

□問20　代表作に『新世帯』などがあり、川端康成をして「小説の名人」と言わしめた人物は？

①　島村抱月　②　尾崎紅葉　③　徳田秋声　④　田山花袋

□問21 小泉八雲の作で、琵琶の名人を主人公にした作品のタイトルは？

① 平家物語　② 耳なし芳一　③ ろくろ首　④ 雪女

□問22 夏目漱石宅を足繁く訪問していた人物として当てはまらないのは？

① 川端康成　② 芥川龍之介　③ 鈴木三重吉　④ 久米正雄

□問23 夏目漱石の代表的な青春小説で、「前期三部作」に当てはまらないものは？

① 三四郎　② こころ　③ それから　④ 門

□問24 平塚らいてうを中心に創刊された女性中心の文学誌『青鞜』。その表紙を飾ったのは誰の作品？

① 長沼智恵子　② 与謝野晶子　③ 樋口一葉　④ 竹久夢二

□問25　谷崎潤一郎の小説『痴人の愛』に登場し、「ナオミズム」ということばまで生み出した「ナオミ」。その漢字表記とは？

①　奈緒美　②　直美　③　菜穂美　④　尚美

□問26　次の説明が正しければ○、間違っていれば×を選びなさい。

「谷崎潤一郎の小説『細雪』の会話文は、大阪弁である。」

①　○

②　×

□問27　失恋小説『お目出たき人』の作者は？

①　武者小路実篤　②　志賀直哉　③　有島武郎　④　里見弴

□問28　志賀直哉が知名度をあげることになった作品で、貴族院議員Aと少年の交流を描いたものは？

①　城の崎にて　②　暗夜行路　③　小僧の神様　④　清兵衛と瓢箪

□問29 次の説明が正しければ○、間違っていれば×を選びなさい。

『生れ出づる悩み』『或る女』などで有名な有島武郎は、現在の北海道大学の出身である。」

① ○

② ×

□問30 次の説明が正しければ○、間違っていれば×を選びなさい。

「有島武郎と里見弴は兄弟である。」

① ○

② ×

□問31 新理知派とは、知的な観点から現実の再構成をめざした、第三次 - 第四次『新思潮』の同人のことである。これに当てはまらない人物は？

① 菊池寛　② 芥川龍之介　③ 久米正雄　④ 樋口一葉

□問32 芥川龍之介の命名の由来は？

① 父親の名前に因む　② 母親の名前に因む

③ 生まれた日に因む　④ 母親がみた夢に因む

□問33　将来に対する「ぼんやりした不安」を理由に、自殺したとされている作家は？

①　石川啄木　②　太宰治　③　芥川龍之介　④　有島武郎

□問34　『蟹工船』において、蟹工船が帝国海軍に保護されて向かう島は？

①　国後島　②　色丹島　③　歯舞群島　④　カムチャツカ半島

□問35　プロレタリア文学運動の第一人者として活躍した、『蟹工船』の作者は？

①　葉山嘉樹　②　小林多喜二　③　徳永直　④　宮本百合子

□問36　次の説明が正しければ〇、間違っていれば×を選びなさい。

「プロレタリア文学と同時期におこったモダニズム文学の流れのうち、知的な感覚表現で文体の革新をめざした一派を「新文学派」という。」

①　〇

②　×

□問37 横光利一の母は、俳諧で有名な人物の家系の出である。その人物とは？

① 山崎宗鑑　② 松永貞徳　③ 西山宗因　④ 松尾芭蕉

□問38 次の説明が正しければ○、間違っていれば×を選びなさい。

「川端康成の短編小説『伊豆の踊子』は、川端が一九歳の時、伊豆の旅行先で出会った踊り子との淡い恋を小説にしたものである。」

① ○

② ×

□問39 次の説明が正しければ○、間違っていれば×を選びなさい。

「江戸川乱歩の長編推理小説『黒蜥蜴』は、三島由紀夫が戯曲化している。」

① ○

② ×

□問40 林芙美子の『放浪記』は、「でんぐり返し」で有名な森光子の舞台作品にもなったが、その脚本家は？なお、その脚本家は林芙美子の友人であり、ＮＨＫ連続テレビ小説『君の名は』の原作者でもある。

① 古川ロッパ　② 菊田一夫　③ 秦豊吉　④ サトウ・ハチロー

□問41　一九八五年、井伏鱒二が代表作『山椒魚』を自選全集に収録する際、自ら加えた衝撃的な改訂とは？

①　物語最後、蛙との和解部分を削除した
②　主人公である魚を「山椒魚」に変えた
③　物語途中、閉じ込めた生き物を「蛙」に変えた
④　物語最後、山椒魚の往生を描いた

□問42　島木健作は、胸部疾患を患い、修善寺で療養していた時期があった。その体験をもとにした作品は？

①　赤蛙　②　青蛙　③　ひき蛙　④　がま蛙

□問43　次の説明が正しければ○、間違っていれば×を選びなさい。

「戦争の時代の危機感に中世の動乱を重ねた小林秀雄の代表作は『あゝ無常』である。」

①　○
②　×

□問44　『走れメロス』『斜陽』『人間失格』などで知られる太宰治の出身地は？

①　青森県　②　秋田県　③　岩手県　④　山形県

□問45　**次の説明が正しければ○、間違っていれば×を選びなさい。**

「太宰の出身地を沿線に持つ私鉄津軽鉄道の「走れメロス号」は、クリスマスの時期に「ジングル・メロス号」と称されたことがあった。」

①　○　②　×

□問46　**太宰治の中編小説で、戦後の没落貴族の家庭を題材に、美しいものは革命の前には滅びなくてはならぬというモチーフで作られた作品は？**

①　思ひ出　②　津軽　③　人間失格　④　斜陽

□問47　**次の説明が正しければ○、間違っていれば×を選びなさい。**

「自己の体験をもとに、限界状態におかれた人間の異常性を描いている『俘虜記』で有名な大岡昇平は、推理小説も書いている。」

①　○　②　×

□問48　**一九五〇年七月二日に起きた金閣寺放火事件をもとにして、水上勉は『五番町夕霧楼』を描いた。では三島由紀夫が描いた作品は？**

①　金閣寺　②　金閣寺炎上　③　鹿苑寺　④　鹿苑寺金閣

□問49 『憂国』は、一九六一年に発表された、二・二六事件の外伝的性格をもつ短編小説である。一九六六年には、作者自身が監督・主演・脚色・美術を務めて映画化され、大きな反響を呼んだ。その作者とは？

① 堂本正樹　② 三島由紀夫　③ 寺山修二　④ 安部公房

□問50 遠藤周作の作品で、大学医学部で行われた米人捕虜に対する生体解剖事件に題材を取った作品は？

① 死海のほとり　② 沈黙　③ 白い人　④ 海と毒薬

□問51 次のうち、安部公房の作品は？

① 青猫　② 春の草　③ 赤い繭　④ 死霊

□問52 次の説明が正しければ○、間違っていれば×を選びなさい。

「安部公房主催の演劇集団「安部公房スタジオ」には、岸田今日子や仲代達矢も参加していた。」

① ○
② ×

□問53 次の説明にあてはまる人物は誰？

『時間ですよ』や『あ・うん』で有名なテレビドラマの脚本家。墓所は東京都府中市の多磨霊園、墓碑銘は森繁久彌によるという。」

① 向田邦子　② 中島丈博　③ 岡田惠和　④ ＳＡＢＵ

□問54 自殺していない人物は？

① 芥川龍之介　② 川端康成　③ 太宰治　④ 夏目漱石

□問55 次のうち、完結している作品は？

① 尾崎紅葉『金色夜叉』　② 夏目漱石『明暗』

③ 太宰治『グッド・バイ』　④ 三島由紀夫『豊饒の海』

□問56 芥川龍之介と直木三十五、ふたりの盟友の死を悼み「芥川龍之介賞」「直木三十五賞」を創設したのは誰？

① 横光利一　② 久米正雄　③ 川端康成　④ 菊池寛

□問57　『源氏物語』の現代語訳を発表していないのは？

①　川端康成　②　与謝野晶子　③　橋本治　④　田辺聖子

□問58　次の説明にあてはまる人物は誰？

「架空の理想郷イーハトーヴや心象スケッチで織りなす壮大な宇宙観をもつ特異の存在。代表作に小説『注文の多い料理店』、詩「永訣の朝」「春と修羅」などがある。」

①　石川啄木　②　稲垣足穂　③　宮沢賢治　④　菊池寛

□問59　文明開化の風潮の中、短歌・俳句・漢詩など従来の伝統的な文芸と区別するための用語で、新時代の思想や感情を西洋詩の模倣により表現した詩を一般的に何と呼ぶ？

①　日本詩　②　大和詩　③　旧体詩　④　新体詩

□問60　訳詩集『於母影』の出版で有名な、森鷗外を中心とした文芸結社を何という？

①　新典社　②　新声社　③　新潮社　④　新音社

□問61　次の説明が正しければ○、間違っていれば×を選びなさい。

「森鷗外は訳詩集『於母影』で、シェイクスピアの戯曲も翻訳している。」

① ○
② ×

□問62　島崎藤村が発表した詩集のタイトルとして正しくないものは？

① 若菜集　② 夏草　③ 一葉集　④ 紅葉集

□問63　一九〇五（明治三八）年刊行の上田敏による訳詩集のタイトルは？

① 快調音　② 協和音　③ 海潮音　④ 外来音

□問64　明治末期から大正はじめごろにかけて「白露の時代」と並び称された詩人の正しい組み合わせは？

① 正宗白鳥・三木露風
② 北原白秋・石井露月
③ 北原白秋・三木露風
④ 正宗白鳥・幸田露伴

□問65　明治時代末期、雑誌『スバル』の同人（北原白秋ら）が作った文学サロンをなんという？

①　パンの会　②　ワインの会　③　ディオニソスの会　④　牧神の会

□問66　彫刻家であり、「僕の前に道はない　僕の後ろに道はできる」ではじまる詩「道程」の作者・高村光太郎。彼の妻の名がタイトルになった詩集の、正しい表記は？

①　智恵子抄　②　千恵子抄　③　智英子抄　④　千絵子抄

□問67　次の説明が正しければ○、間違っていれば×を選びなさい。

「詩集『月に吠える』『青猫』の作者は萩原朔太郎である。」

①　○

②　×

□問68　次の説明が正しければ○、間違っていれば×を選びなさい。

『殉情詩集』は、佐藤春夫が谷崎千代への思いを綴ったものであるが、その谷崎千代とは、谷崎潤一郎の妻であった。」

①　○

②　×

□問69　「かえるの詩人」と呼ばれたのは誰？

①　宮沢賢治　②　谷川俊太郎　③　工藤直子　④　草野心平

□問70　昭和一〇年、創刊された詩誌『歴程』。その中心的人物となった人物で、『第百階級』『蛙』などの作者でもある人物は？

①　草野心平　②　中原中也　③　宮沢賢治　④　谷川俊太郎

□問71　詩集『見えない配達夫』（一九五八〈昭和三三〉年）に載録されている「わたしが一番きれいだったとき」で有名な詩人は？

①　与謝野晶子　②　茨木のり子　③　谷川俊太郎　④　大岡信

□問72　次の説明が正しければ○、間違っていれば×を選びなさい。

「大岡信の「折々のうた」は、一九七九年『朝日新聞』の創刊五〇周年を記念してスタートした。」

①　○
②　×

□問73　女性が自我や性愛を表現するなど考えられなかった時代に、本能尊重・恋愛讃美を情熱的に詠った『みだれ髪』の作者といえば？

①　平塚らいてう　②　与謝野晶子　③　岡本かの子　④　上田敏

□問74　与謝野晶子が日露戦争のさなかに発表した、戦争を嘆く詩「君死にたまふことなかれ」。この「君」とは誰のこと？

①　恋人　②　父　③　兄弟　④　息子

□問75　俳句・短歌の近代化に大きな功績をなした正岡子規が著した、万葉調短歌重視の歌論書のタイトルは？

①　ホトトギス　②　アララギ
③　歌よみに与ふる書　④　獺祭書屋俳話

□問76　正岡子規の没後、子規の唱えた写生歌風を引き継いだ伊藤左千夫は、一九〇八（明治四一）年に雑誌『〔　　〕』を創刊した。〔　　〕に当てはまる雑誌名は？

①　キツツキ　②　カネツキ　③　アララギ　④　キンモクセイ

□問77 **次の説明にあてはまる人物は誰？**

「岩手県生まれ。十代で浪漫派歌人として雑誌『明星』に作品を発表する。小説も書くが成功せず、生活苦と結核の進行の中、実生活に根ざした感情を日常語で歌う自然派の歌人となった。代表作に『あこがれ』『一握の砂』。第二歌集『悲しき玩具』出版を目前にして、貧窮の中、二七歳（満年齢二六歳）の若さで病没した。」

① 島村抱月　② 石川啄木　③ 岩野泡鳴　④ 正宗白鳥

□問78 **次の説明が正しければ○、間違っていれば×を選びなさい。**

「『どくとるマンボウ昆虫記』などの著作で有名な北杜夫は、長塚節の子である」

① ○
② ×

□問79 **二〇〇万部をこえるベストセラーとなった、俵万智の第一歌集のタイトルは何？**

① チョコレート革命　② メロン記念日　③ サラダ記念日　④ チョコレート戦争

□問80 **「咳をしても一人」や「足のうら洗えば白くなる」などの句で知られる俳人は？**

① 飯田蛇笏　② 尾崎放哉　③ 正岡子規　④ 種田山頭火

近現代模擬試験〔解答・解説〕

問1…①

問2…①

〔解説〕 問題引用文は、冒頭の一節である。人は生まれた時点では、上下は存在せず、その後勉学をするかによって、賢愚や貧富の差が生まれると説いている。この書は、当時の人口の一〇分の一にあたる、三〇〇万部を売り上げたとされている。

問3…③

〔解説〕 早稲田大学構内にある演劇博物館は、一九二九（昭和三）年一〇月、坪内逍遙博士が古稀の齢（七〇歳）に達したのと、その半生を捧げた「シェークスピヤ全集」全四〇巻の翻訳が完成したのを記念して設立された。

問4…②

問5…②

問6…④

問7…④

問8…②

〔解説〕 京都の罪人を舟で遠島に護送するお役目の羽田庄兵衛は、弟を殺した喜助という男と同乗する。庄兵衛は、喜助がいかにも晴れやかな顔をしている事を不審に思い、訳を尋ねる、というのが『高瀬舟』のあらすじ。

問9…②

〔解説〕 「「それぢや断然《いよいよ》お前は嫁く気だね！ これまでに僕が言つても聴いてくれんのだね。ちええ、腸《はらわた》の腐つた女！ 姦婦!!」。その声とともに貫一は脚《あし》を挙げて宮の弱腰をはたと踢《け》たり。」と原作では、足に何を履いていたかまでは書かれていない。初版本では靴を履いた挿絵が描かれ、これは現在も岩波文庫版の表紙に使われている。

問10…①

問11…①

〔解説〕 練習問題（小説・評論・他／問27）参照。

問12…①

〔解説〕 恋愛の神聖を宣言した、日本最初の近代的恋愛論。全生命的・全人的恋愛観と、制度と自由・制度と恋愛という広い枠組の中で、恋愛を捉えている。

問13…②

問14…②

〔解説〕 豆腐の「腐」の字がどうしても許容できず、「豆府」と書いた。練習問題（小説・評論・他／問34）も参照。

問15…①

〔解説〕 徳富蘇峰は蘆花の兄。蘆花の、兄へのコンプレックスは強く、一九〇三（明治三六）年自費出版された『黒潮、第一編』の序には、「余は久しき以前より我等の傾向の次第に異なるを気づきたり」という「蘇峰家兄」宛の告別の辞が載せられている。

問16…④
問17…①
〔解説〕『千曲川《ちくまがわ》のスケッチ』とは、長野県小諸の教師時代に書き続けられていた一連の写生文である。
問18…④
〔解説〕『破戒』は島崎藤村作。田山花袋は、「単に作者の主観を加へないのみならず、客観の事象に対しても少しもその内部に立ち入らず、又人物の内部精神にも立ち入らず、ただ見たまま聴いたまま触れたままの現象をさながらに描く」という平面描写論を唱えた。それは自然主義を代表する小説手法と見なされた。
問19…②
〔解説〕本編一一九編、続編として発表された拾遺には二九九編が収められている。遠野地方の伝承を聞いたままに収録し、雪女・座敷童子・天狗などの妖怪にまつわるもの、山人や神隠しなどの怪談、神を祀る行事など、内容は多岐にわたる。日本民俗学の発展に大きく寄与し、現在も岩波文庫ほかで刊行されているが、当初は柳田による自費出版だった。
問20…③
〔解説〕『新世帯《あらじょたい》』では、平凡な庶民夫婦の味気ない日常生活をありのままに淡々と描いた。その他、『黴《かび》』『爛《ただれ》』『あらくれ』などの作品がある。尾崎紅葉は、秋声の師匠であった。
問21…②
問22…①
〔解説〕大阪出身の川端康成が上京したのは一九一七（大正六）年。夏目漱石は一九一六（大正五）年没。練習問題（小説・評論・他／問49）解説も参照。
問23…②
問24…①
〔解説〕長沼智恵子は、高村光太郎の妻。
問25…①
〔解説〕本編ではカタカナ表記のナオミだが、冒頭に「多分最初は、その児の名前が気に入ったからなのでしょう。彼女はみんなから「直ちゃん」と呼ばれていましたけれど、或るとき私が聞いて見ると、本名は奈緒美と云うのでした。この「奈緒美」という名前が、大変私の好奇心に投じました。「奈緒美」は素敵だ、ＮＡＯＭＩと書くとまるで西洋人のようだ」とある。
問26…①
〔解説〕『細雪《ささめゆき》』は、一九四三（昭和一八）年雑誌『中央公論』に発表されたが、その内容が時局にふさわしくないとの理由で連載中止となった。谷崎は「陸軍省報道部将校の忌諱《きき》に触れたため」と回顧している。
問27…①

〔解説〕『お目出たき人』は、片思いの少女が結婚してしまった後でも、彼女は自分を愛していたはずだと信じて疑わない主人公の話。

問28…③

〔解説〕『城の崎にて』は短編小説。蜂とねずみといもりと、この三匹の小さな生き物との交流を通して、自分の死や運命を考える。『暗夜行路』の主人公時任謙作は、自分が祖父と母の不義の子であったことを知り苦悩する。また妻が従兄と過失を犯したことを知り、苦しみの果てに大山に登る。『小僧の神様』では、小僧に寿司をおごってやった貴族院議員Aは、あとで寂しい気持ちになったが、小僧にとってAは、悲しい時に思い出す「神様」のような存在になった。『清兵衛と瓢箪』は、瓢箪の魅力にとりつかれた少年と、それをとりまく大人たちの対立をユーモラスに描いている。

問29…①

〔解説〕練習問題（小説・評論・他／問70）解説参照。

問30…①

〔解説〕練習問題（小説・評論・他／問72）参照。

問31…④

問32…③

〔解説〕練習問題（小説・評論・他／問74）参照。

問33…③

問34…④

〔解説〕『蟹工船』は小林多喜二の小説。

問35…②

問36…②

〔解説〕新感覚派が正解。川端康成・横光利一に代表される。練習問題（小説・評論・他／問88・89）も参照。

問37…④

問38…①

〔解説〕川端は、伊豆の踊り子との淡い恋を、「湯ヶ島での思ひ出」という手記に書き、その後小説にした。

問39…①

〔解説〕練習問題（小説・評論・他／問95）解説参照。

問40…②

〔解説〕また、菊田一夫の『花咲く港』は、二〇〇七年宝塚歌劇団でアレンジされ『パリの空よりも高く』として上演された。

問41…①

〔解説〕「今でもべつにお前のことをおこってはいないんだ」という蛙の台詞で終わる和解を全て削り、最終部分は蛙との罵り合いのままとした。この大胆な改変には、野坂昭如《あきゆき》をはじめ各方面から非難が殺到した。

問42…①

問43…②

〔解説〕『無常といふ事』が正解。

問44…①

問45…①

〔解説〕二〇〇九年一二月、津軽鉄道は「ジングル・メロス号」の運行を開始した。車内には約一七〇センチの布製ツリーが飾られ、サンタに扮した奥津軽トレインアテンダントが出迎えたという。

問46…④

〔解説〕現在太宰治の生家は「斜陽館」と呼ばれ、記念館となっている。

問47…①

〔解説〕練習問題（小説・評論・他／問118）解説参照。成人前の少年が起こした殺人事件を裁判の場で明らかにしていく推理小説である。一九七八年には同名タイトルで映画化され、NHK・テレビ朝日でテレビドラマ化もされている。

問48…①

問49…②

〔解説〕堂本正樹は、映画『憂国』の演出を務めた人物。寺山修二は劇団「天井桟敷」主宰、安部公房は演劇集団「安部公房スタジオ」を発足させた人物。

問50…④

問51…③

問52…①

問53…①

〔解説〕岡田恵和は、『イグアナの娘』（原作漫画・萩尾望《も》都《と》）や『白鳥麗子でございます！』（原作漫画・鈴木由美子）などの脚本を担当している。中島丈博は、『真珠夫人（二〇〇二年）』（原作小説・菊地寛）の脚本、SABUは映画『蟹工船』（原作小説・小林多喜二）の脚本担当である。

問54…④

問55…④

〔解説〕未完の作品としては、芥川龍之介『邪宗門』、川端康成『たんぽぽ』なども知られる。三島由紀夫は『豊饒の海』四部作のラスト「天人五衰」の最終稿を編集者に渡してから市ヶ谷の自衛隊駐屯地に乗り込み、自決した。

問56…④

〔解説〕菊池寛は、賞創設の前年（一九三九年）、『文藝春秋』で次のように記している。「池谷、佐々木、直木など、親しい連中が、相次いで死んだ。身辺うたた荒涼たる思いである。直木を記念するために、社で直木賞金というようなものを制定し、大衆文芸の新進作家に贈ろうかと思っている。それと同時に芥川賞金というものを制定し、純文学の新進作家に贈ろうかと思っている。これは、その賞金によって、亡友を記念するという意味よりも、芥川、直木を失った本誌の賑やかしに、亡友の名前を使おうというのである」と。

問57…①
〔解説〕ちなみに、日本で最初に『源氏物語』を英訳した人物は、末松謙澄である。明治・大正期に活躍した政治家の末松は、外交官としてロンドンに赴任、ケンブリッジ大学で学びながら、『源氏物語』の英訳を行った。
問58…③
問59…④
問60…②
問61…①
〔解説〕「オフェリアの歌」として、シェイクスピアの悲劇『ハムレット』から一部の詩を翻訳している。主人公ハムレットの恋人・オフィーリアが狂乱状態でうたった詩。
問62…④
問63…③
問64…③
問65…①
〔解説〕「パンの会」には、北原白秋・木下杢太郎・高村光太郎らの芸術家が所属した。「パン」とはギリシア神話に出る牧神の名。練習問題（詩歌・他／問6）も参照。
問66…①
問67…①
問68…①
〔解説〕『殉情詩集』は、「ためいき」などの初期の恋愛詩、谷崎千代によせて傷心の情をうたった失恋詩などから成る。練習問題（小説・評論・他／問62）も参照。
問69…④
〔解説〕草野心平は、時に「僕は蛙なんぞ愛してゐない！」と述べながらも、生涯を通して蛙をテーマとする詩を作り続けた。
問70…①
問71…②
問72…②
〔解説〕練習問題（詩歌・他／問16）解説も参照。
問73…②
〔解説〕練習問題（詩歌・他／問17）解説参照。
問74…③
〔解説〕「あゝをとうとよ、君を泣く」とあるとおり、旅順にいる弟を嘆いたものである。
問75…③
問76…③
問77…②
問78…②
〔解説〕斎藤茂吉の子息である。
問79…③
問80…②

古典文学年表

＊本年表は学習上の参考として付すものであり、検定試験の出題内容・範囲との直接の関わりはない。
＊天皇・年号名には省いたものがある。また年号と西暦の対照は、必ずしも改元を意味しない。
＊散文・韻文の区別では、歌謡・和歌集・歌合・漢詩集・連歌・俳諧・川柳・狂歌などを韻文とした。
＊作品の下の数字は西暦を示す。成立年不明の作品は、ほぼ妥当の位置に掲げた。「前」はその年以前、「後」は以後の成立をあらわす。
＊作品名・編著者名の表記および読みは通行の一例を示した。

区分	西暦	天皇	年号	成立	散文	成立	韻文
上代	五九三	推古《すいこ》			神話・伝説・祝詞《のりと》		歌謡
	六〇一			一五頃	三経義疏《さんぎょうぎしょ》（聖徳太子《しょうとくたいし》）		
	六四五	孝徳《こうとく》	大化《たいか》		宣命《せんみょう》		
	七〇一	文武《もんむ》	大宝《たいほう》	一二	古事記《こじき》（太安万侶《おおのやすまろ》）		
	七〇八	元明《げんめい》	和銅《わどう》	一五前	播磨国風土記《はりまのくにふどき》	〇九前	柿本朝臣人麻呂《かきのもとのあそみひとまろ》歌集
	七一七	元正《げんしょう》	養老《ようろう》	一八前	常陸国風土記《ひたちのくにふどき》	三三前	類聚歌林《るいじゅうかりん》（山上憶良《やまのうえのおくら》）現存せず
	七二九	聖武《しょうむ》	天平《てんぴょう》	二〇	日本書紀《にほんしょき》（舎人親王《とねりしんのう》ら）	五一	懐風藻《かいふうそう》
	七四九	孝謙《こうけん》	天平勝宝《しょうほう》	三三	出雲国風土記《いずものくにふどき》	五二頃	仏足石歌《ぶっそくせきか》
	七五八	淳仁《じゅんにん》	天平宝字《ほうじ》	七二	歌経標式《かきょうひょうしき》（藤原浜成《ふじわらのはまなり》）	五九後	万葉《まんよう》集（大伴家持《おおとものやかもち》か）
	七六七	称徳《しょうとく》	神護景雲《じんごけいうん》	八九	高橋氏文《たかはしうじふみ》		
	七七〇	光仁《こうにん》	宝亀《ほうき》	九七	三教指帰《さんごうしいき》（空海《くうかい》）		
	七八二	桓武《かんむ》	延暦《えんりゃく》	九七	続日本紀《しょくにほんぎ》（淡海三船《おうみのみふね》ら）		
中古	八一〇	嵯峨《さが》	弘仁《こうにん》	〇七	古語拾遺《こごしゅうい》（斎部広成《いんべのひろなり》）	一四	凌雲《りょううん》集
	八二四	淳和《じゅんな》	天長《てんちょう》	一五	新撰姓氏録《しんせんしょうじろく》（万多《まんだ》親王ら）	一八	文華秀麗《ぶんかしゅうれい》集
	八三四	仁明《にんみょう》	承和《じょうわ》	一九後	文鏡秘府論《ぶんきょうひふろん》（空海）	二七	経国《けいこく》集
	八五一	文徳《もんとく》	仁寿《にんじゅ》	二二頃	日本霊異記《にほんりょういき》（景戒《きょうかい》）	三五頃	性霊《しょうりょう》集（空海）
	八五九	清和《せいわ》	貞観《じょうかん》	四〇	日本後紀《にほんこうき》（藤原冬嗣《ふゆつぐ》ら）	五九頃	神楽譜《かぐらふ》
	八七七	陽成《ようぜい》	元慶《がんぎょう》	六九	続日本後紀《しょくにほんこうき》（藤原良房《よしふさ》ら）	七九	都氏文集《としぶんしゅう》（都良香《みやこのよしか》）

区分	西暦	一般歴史
上代	六四五	大化改新
	七〇一	大宝律令
	七一〇	平城京遷都
	七一八	養老律令
	七二三	三世一身の法
	七四三	墾田永年私財法
	七五二	東大寺大仏開眼
	七五九	唐招提寺《とうしょうだいじ》創建
	七八四	長岡京遷都
	七八八	延暦《えんりゃく》寺創建
	七九四	平安京遷都
中古	八〇五	最澄帰朝天台宗
	八〇六	空海帰朝真言宗
	八一四	皇子皇女に源姓を与える。
	八三八	小野篁《たかむら》配流
	八四二	承和の変
	八五八	藤原良房摂政

八五	光孝《こうこう》	仁和《にんな》
八九	宇多《うだ》	寛平《かんぴょう》
九八	醍醐《だいご》	昌泰《しょうたい》

中古

九〇一		延喜《えんぎ》
三一	朱雀《すざく》	承平《じょうへい》
三八		天慶《てんぎょう》
四七	村上《むらかみ》	天暦《てんりゃく》
五七		天徳《てんとく》
六一		応和《おうわ》
六八	冷泉《れいぜい》	安和《あんな》
七〇	圓融《えんゆう》	天禄《てんろく》
七三		天延《てんえん》
七六		貞元《じょうげん》
八五	花山《かざん》	寛和《かんな》
九五	一條《いちじょう》	長徳《ちょうとく》
九九		長保《ちょうほう》

中古

一〇〇四		寛弘《かんこう》
一二	三條《さんじょう》	長和《ちょうわ》
一七	後一條《ごいちじょう》	寛仁《かんにん》
二一		治安《じあん》
二四		万寿《まんじゅ》
三七	後朱雀《ごすざく》	長暦《ちょうりゃく》
四〇		長久《ちょうきゅう》
五三	後冷泉《ごれいぜい》	天喜《てんき》

七九	文徳実録《もんとくじつろく》（藤原基経《もとつね》ら）
九二	類聚国史《るいじゅうこくし》（菅原道真《すがわらのみちざね》）
〇一	三代実録《さんだいじつろく》（藤原時平《ときひら》ら）
延喜後	竹取物語《たけとりものがたり》
	伊勢《いせ》物語
三五	土佐日記《とさにっき》（紀貫之《きのつらゆき》）
三五前	和名類聚抄《わみょうるいじゅうしょう》（源　順《みなもとのしたごう》）
四〇	将門記《しょうもんき》
五一頃	大和《やまと》物語
六五頃	平中《へいちゅう》物語
六五頃	多武峯少将《とうのみねしょうしょう》物語（高光《たかみつ》日記）
七四後	蜻蛉《かげろう》日記（藤原道綱母《みちつなのはは》）
八二	池亭記《ちていのき》（慶滋保胤《よししげのやすたね》）
八三頃	うつほ物語
八四	三宝絵《さんぼうえ》（源　為憲《みなもとのためのり》）
八五	往生要集《おうじょうようしゅう》（源信《げんしん》）
〇〇前	落窪《おちくぼ》物語
〇〇頃	枕草子《まくらのそうし》（清少納言《せいしょうなごん》）
〇八頃	和泉式部《いずみしきぶ》日記
〇八頃	源氏《げんじ》物語（紫　式部《むらさきしきぶ》）
一〇頃	紫式部日記
二一	御堂関白記《みどうかんぱくき》（藤原道長《みちなが》）
三二	小右記《しょうゆうき》（藤原実資《さねすけ》）
二六	権記《ごんき》（藤原行成《こうぜい》）

八七前	民部卿家歌合《みんぶきょうけうたあわせ》
九三前	寛平　御時后　宮《かんぴょうのおんときききさいのみや》歌合
九三	新撰《しんせん》万葉集（菅原道真か）
〇〇	菅家文草《かんけぶんそう》（菅原道真）
〇三	菅家後集《かんけこうしゅう》（菅原道真）
〇五後	古今《こきん》和歌集（紀貫之ら）
一三	亭子院《ていじのいん》歌合
三四	新撰《しんせん》和歌集（紀貫之）
後成立	貫之《つらゆき》集（他撰）
五一後	後撰《ごせん》和歌集（源順ら）
六〇	天徳内裏《てんとくだいり》歌合
八七前	古今和歌六帖《こきんわかろくじょう》
八六頃	曽丹《そたん》集（曽禰好忠《そねのよしただ》）
九七頃	拾遺和歌抄《しゅういわかしょう》（藤原公任《きんとう》）
〇五後	拾遺《しゅうい》和歌集（花山院《かざんいん》）
一三頃	和漢朗詠《わかんろうえい》集（藤原公任）
後成立	和泉式部《いずみしきぶ》集（他撰）

六六	応天門の変
八四	藤原基経関白
九四	遣唐使廃止
九〇一	菅原道真左遷
〇二	延喜荘園整理令
二七	延喜式撰上
三五	平将門《まさかど》の乱
三九	藤原純友《すみとも》の乱
六三	空也万燈会
六七	摂関常置
六九	安和の変
九〇	定子入内し中宮
九六	藤原伊周《これちか》失脚
九九	彰子《しょうし》入内
一〇〇〇	定子皇后に・彰子中宮に
一二	道長女妍子《けんし》中宮
一八	道長「この世をば―」の詠歌
一九	道長出家
二〇	無量寿院建立
三五	園城寺《おんじょうじ》・延暦寺の僧徒闘争
四〇	荘園整理令

中古

五八		康平《こうへい》
六五	後三條《ごさんじょう》	治暦《じりゃく》
六九	白河《しらかわ》	延久《えんきゅう》
七四		承保《じょうほう》
七七		承暦《じょうりゃく》
八四	堀河《ほりかわ》	応徳《おうとく》
八七		寛治《かんじ》

四一前	栄花物語《えいがものがたり》〔正編〕三〇頃〔続編〕九二頃
五五	新撰髄脳《しんせんずいのう》（藤原公任）
五五頃	堤中納言物語《つつみちゅうなごんものがたり》
六〇頃	浜松中納言物語《はままつちゅうなごんものがたり》
六〇頃	更級日記《さらしなにっき》（菅原孝標女《すがわらのたかすえのむすめ》）
七五頃	夜の寝覚《よるのねざめ》
	狭衣物語《さごろもものがたり》

五八頃	本朝文粋《ほんちょうもんずい》（藤原明衡《あきひら》）
七三前	成尋阿闍梨母集《じょうじんあじゃりのははしゅう》
八六	後拾遺和歌集《ごしゅういわかしゅう》（藤原通俊《みちとし》）

五一	前九年の役
五三	宇治平等院建立
六九	記録荘園券契所
八三	後三年の役
八六	院政開始
九五	北面武士を置く

中古

一一〇四		長治《ちょうじ》
〇八	鳥羽《とば》	天仁《てんにん》
二六	崇徳《すとく》	大治《だいじ》
		保延《ほうえん》
四二	近衛《このえ》	康治《こうじ》
五六	後白河《ごしらかわ》	保元《ほうげん》
五九	二條《にじょう》	平治《へいじ》
六六	六條《ろくじょう》	仁安《にんあん》
六九	高倉《たかくら》	嘉応《かおう》
八二	安徳《あんとく》	寿永《じゅえい》
八五	後鳥羽《ごとば》	文治《ぶんじ》
九〇		建久《けんきゅう》
九九	土御門《つちみかど》	正治《しょうじ》

〇四頃	江談抄《ごうだんしょう》（藤原実兼《さねかね》）
〇九頃	讃岐典侍日記《さぬきのすけにっき》（藤原長子《ながこ》）
一五頃	大鏡《おおかがみ》
二〇後	今昔物語集《こんじゃくものがたりしゅう》
三四頃	打聞集《うちぎきしゅう》
五七前	袋草子《ふくろぞうし》（藤原清輔《きよすけ》）
七〇頃	今鏡《いまかがみ》
七九頃	宝物集《ほうぶつしゅう》（平 康頼《たいらのやすより》）
八九頃	松浦宮物語《まつらのみやものがたり》（藤原定家《ていか》）
九二前	とりかへばや物語
九五前	水鏡《みずかがみ》（中山忠親《なかやまただちか》か）
九七後	古来風体抄《こらいふうていしょう》（藤原俊成）

二六頃	金葉和歌集《きんようわかしゅう》（源 俊頼《みなもとのとしより》）
二八頃	散木奇歌集《さんぼくきかしゅう》（源俊頼）
四二前	新撰朗詠集《しんせんろうえいしゅう》（藤原基俊《もととし》）
五一後	詞花和歌集《しかわかしゅう》（藤原顕輔《あきすけ》）
五五	後葉和歌集《ごようわかしゅう》（藤原為経《ためつね》）
六九	梁塵秘抄《りょうじんひしょう》（後白河院《ごしらかわ》）
七八	長秋詠藻《ちょうしゅうえいそう》（藤原俊成《しゅんぜい》）
八七	千載和歌集《せんざいわかしゅう》（藤原俊成）
九〇前	山家集《さんかしゅう》（西行《さいぎょう》）
九三	六百番歌合（判者藤原俊成）

一一一一	東大寺・興福寺の僧徒闘争
二六	平泉中尊寺建立
五六	保元の乱
五九	平治の乱
六七	平家納経
	平清盛太政大臣
六八	清盛出家
七五	法然《ほうねん》浄土宗
八〇	源 頼朝《みなもとのよりとも》挙兵
八五	平氏滅亡
九一	栄西臨済宗
九二	源頼朝、征夷大将軍任命

中世

一二〇一		建仁《けんにん》
〇四		元久《げんきゅう》
一三	順徳《じゅんとく》	建保《けんぽう》
一九		承久《しょうきゅう》

〇一頃	無名草子《むみょうぞうし》
〇九	近代秀歌《きんだいしゅうか》（藤原定家）
一〇頃	無名抄《むみょうしょう》（鴨 長明《かものちょうめい》）
一二	方丈記《ほうじょうき》（鴨長明）
一二頃	古事談《こじだん》（源顕兼《あきかね》）

〇二頃	千五百番歌合
〇四	秋篠月清集《あきしのげっせいしゅう》（藤原良経《よしつね》）
〇五	新古今和歌集《しんこきんわかしゅう》（藤原定家）
一三	金槐和歌集《きんかいわかしゅう》（源実朝《さねとも》）
一六	拾遺愚草《しゅういぐそう》（藤原定家）

一二〇七	専修念仏禁止
一九	北条《ほうじょう》氏執権政治
二一	承久の乱
二一	六波羅《ろくはら》探題設置
二四	親鸞《しんらん》浄土真宗
	北条泰時《やすとき》執権

中世

二一	仲恭《ちゅうきょう》	貞応《じょうおう》
二二	後堀河《ごほりかわ》	元仁《げんにん》
二四		嘉禄《かろく》
二五		貞永《じょうえい》
三二	四條《しじょう》	嘉禎《かてい》
三五		仁治《にんじ》
四〇		寛元《かんげん》
四三	後嵯峨《ごさが》	宝治《ほうじ》
四七	後深草《ごふかくさ》	建長《けんちょう》
四九		康元《こうげん》
五六		正嘉《しょうか》
五七		正元《しょうげん》
五九	亀山《かめやま》	文応《ぶんおう》
六〇		弘長《こうちょう》
六一		文永《ぶんえい》
六四		建治《けんじ》
七五	後宇多《ごうだ》	弘安《こうあん》
七八		正応《しょうおう》
八八	伏見《ふしみ》	永仁《えいにん》
九三		正安《しょうあん》
九九	後伏見《ごふしみ》	
一三一二	花園《はなぞの》	正和《しょうわ》
一九	後醍醐《ごだいご》	元応《げんおう》
三一		元弘《げんこう》

一四頃	発心集《ほっしん》(鴨長明)
一九頃	平家物語《へいけ》
一九	毎月抄《まいげつしょう》(藤原定家)
二〇	愚管抄《ぐかんしょう》(慈円《じえん》)
二〇	玉葉《ぎょくよう》(九条兼実《くじょうかねざね》)
二〇頃	保元物語
	平治物語
二一前	宇治拾遺物語《うじしゅうい》
二一頃	住吉物語《すみよし》
二三	海道記《かいどうき》
三五	明月記《めいげつき》(藤原定家)
四二前	八雲御抄《やくもみしょう》(順徳院《じゅんとく》)
四二頃	東関紀行《とうかんきこう》
四七後	石清水物語《いわしみず》
五〇頃	源平盛衰記《げんぺいじょうすいき》
五二	十訓抄《じっきんしょう》
五二頃	弁内侍日記《べんのないし》
五三	正法眼蔵《しょうぼうげんぞう》(道元《どうげん》)
五四	古今著聞集《ここんちょもんじゅう》(橘《たちばなの》成季《なりすえ》)
六六後	吾妻鏡《あずまかがみ》
八二頃	十六夜日記《いざよい》(阿仏尼《あぶつに》)
八三	沙石集《しゃせきしゅう》(無住《むじゅう》)
八八頃	歎異抄《たんにしょう》(唯円《ゆいえん》か)
〇六後	とはずがたり(後深草院二条)
三〇後	徒然草《つれづれぐさ》(吉田兼好《よしだけんこう》)
三九	神皇正統記《じんのうしょうとうき》(北畠親房《きたばたけちかふさ》)

三一頃	建礼門院右京大夫集《けんれいもんいんうきょうのだいぶ》
三五	新勅撰和歌集《しんちょくせん》(藤原定家)
三五頃	小倉《おぐら》百人一首(藤原定家)
四五	壬二集《みに》(藤原家隆《いえたか》)
七一	風葉和歌集《ふうよう》
九六前	宴曲集《えんきょく》(明空《めいくう》)
一二	玉葉和歌集《ぎょくよう》(京極為兼《きょうごくためかね》)
四九頃	風雅和歌集《ふうが》(光厳院《こうごん》)
五七	菟玖波集《つくば》(二条良基《にじょうよしもと》・救済《ぐさい》)

二五	幕府評定衆設置
二七	道元曹洞宗《そうとう》
三二	御成敗式目制定
四九	幕府引付衆設置
五三	日蓮《にちれん》日蓮宗
六一	二条良実《よしざね》関白
	徳政新政二十一カ条
七四	
七五	文永の役(元寇)
七六	金沢文庫設置
八一	一遍時宗
九三	弘安《こうあん》の役
九七	鎮西探題設置
	永仁の徳政令
一三三一	元弘の乱
三四	建武の新政
三六	南北朝対立

中世

四六 七二 八四 九四

後村上《ごむらかみ》 長慶《ちょうけい》 後亀山《ごかめやま》 後小松《ごこまつ》

正平《しょうへい》 文中《ぶんちゅう》 元中《げんちゅう》 応永《おうえい》

七一後 太平記《たいへいき》
七二 連歌《れんが》新式《しんしき》（二条良基）
七六前 増鏡《ますかがみ》
室町〜江戸 御伽草子《おとぎぞうし》

六六 草庵《そうあん》集（正・続）（頓阿《とんあ》）
七二前 筑波《つくば》問答《もんどう》（二条良基）
八一 新葉《しんよう》和歌集（宗良親王《むねよししんのう》）

三八 室町幕府開設
六八 足利義満将軍
九二 南北朝合一
九七 金閣寺建立
九九 応永の乱

中世

一四一二 二九 四一 五五 六九 九二

称光《しょうこう》 後花園《ごはなぞの》 後土御門《ごつちみかど》

永享《えいきょう》 嘉吉《かきつ》 康正《こうしょう》 文明《ぶんめい》 明応《めいおう》

○〜二 風姿花伝《ふうしかでん》（世阿弥《ぜあみ》）
曾我《そが》物語 室町初期前
義経記《ぎけいき》 室町初期前
三〇頃 申楽談儀《さるがくだんぎ》（観世元能《かんぜもとよし》）
五〇頃 正徹《しょうてつ》物語（正徹）
六三 ささめごと（心敬《しんけい》）
七〇 吾妻問答《あづまもんどう》（宗祇《そうぎ》）

三九 新続古今《しんしょくこきん》和歌集（飛鳥井雅世《あすかいまさよ》）
七三 草根《そうこん》集（正徹）
八一前 狂雲《きょううん》集（一休宗純《いっきゅうそうじゅん》）
八八 水無瀬三吟百韻《みなせさんぎんひゃくいん》（宗祇ら）
九五 新撰菟玖波《しんせんつくば》集（宗祇）

一四〇四 勘合貿易開始
二八 正長の徳政一揆
三八 永享の乱
四一 嘉吉の乱
五七 朝鮮遣使
六七 応仁の乱
八五 山城国一揆

中世

一五〇一 五七 九六

後柏原《ごかしわばら》 正親町《おおぎまち》 後陽成《ごようぜい》

文亀《ぶんき》 永禄《えいろく》 慶長《けいちょう》

九二 どちりなきりしたん
九二 天草版《あまくさばん》平家物語
九三 天草版《あまくさばん》伊曽保《いそほ》物語

一八 閑吟《かんぎん》集
三九頃 新撰犬筑波《しんせんいぬつくば》集（山崎宗鑑《やまざきそうかん》）
四〇 守武千句《もりたけせんく》（荒木田守武《あらきだもりたけ》）

一五四三 鉄砲伝来
四九 ザビエル・キリスト教布教
八二 本能寺の変

近世

一六一一 一五 二四 二九 四四 四八 五二 五五 五八

後水尾《ごみずのお》 明正《めいしょう》 後光明《ごこうみょう》 後西《ごさい》

元和《げんな》 寛永《かんえい》 正保《しょうほう》 慶安《けいあん》 承応《じょうおう》 明暦《めいれき》 万治《まんじ》

二三頃 竹斎《ちくさい》（磯田道冶《いそだどうや》）
二三 醒睡笑《せいすいしょう》（安楽庵策伝《あんらくあんさくでん》）
四二 可笑記《かしょうき》（如儡子《じょらいし》）
五八頃 東海道名所記《とうかいどうめいしょき》（浅井了意《あさいりょうい》）
六〇刊 二人比丘尼《ににんびくに》（鈴木正三《すずきしょうさん》）
六六刊 御伽婢子《おとぎぼうこ》（浅井了意）
七五刊 源氏物語《げんじものがたり》湖月抄《こげつしょう》（北村季吟《きたむらきぎん》）
八二刊 好色一代男《こうしょくいちだいおとこ》（井原西鶴《いはらさいかく》）
八四 野《の》ざらし紀行《きこう》（松尾芭蕉）
八五刊 西鶴諸国咄《さいかくしょこくばなし》（井原西鶴）

三三刊 犬子《えのこ》集（松江重頼《まつえしげより》）
四九刊 挙白《きょはく》集（木下長嘯子《きのしたちょうしょうし》）
五一刊 俳諧御傘《ごさん》（松永貞徳《まつながていとく》）

一六〇〇 関ヶ原の戦い
〇三 江戸幕府開設
〇四 糸割符法制定
一二 キリシタン禁制
一五 大坂夏の陣
武家諸法度・禁中並公家諸法度
三五 参勤交代の制
三七 島原の乱
四一 鎖国完成
四三 田畑永代売買禁止
四九 令

六一 寛文《かんぶん》
六三 霊元《れいげん》
七三 延宝《えんぽう》
八一 天和《てんな》
八四 貞享《じょうきょう》
八八 東山《ひがしやま》 元禄《げんろく》

八五 出世景清《しゅっせかげきよ》（近松門左衛門《ちかまつもんざえもん》）
八六刊 好色五人女《こうしょくごにんおんな》（井原西鶴）
八六刊 好色一代女《こうしょくいちだいおんな》（井原西鶴）
八七 鹿島紀行《かしまきこう》（松尾芭蕉）
八七刊 武道伝来記《ぶどうでんらいき》（井原西鶴）
八八 日本永代蔵《にっぽんえいたいぐら》（井原西鶴）
八八刊 武家義理物語《ぶけぎりものがたり》（井原西鶴）
八八 笈の小文《おいのこぶみ》（松尾芭蕉）
八八 更科紀行《さらしなきこう》（松尾芭蕉）
八九 奥の細道《おくのほそみち》（松尾芭蕉）
九〇 万葉代匠記《まんようだいしょうき》（契沖《けいちゅう》）
九一後 嵯峨日記《さがにっき》（松尾芭蕉）
九一刊 幻住庵の記《げんじゅうあんのき》（松尾芭蕉）
九二刊 世間胸算用《せけんむねさんよう》（井原西鶴）
九三刊 西鶴置土産《さいかくおきみやげ》

七二刊 貝おほひ《かい》（松尾芭蕉《まつおばしょう》）
七五刊 談林十百韻《だんりんとっぴゃくいん》（田代松意《たしろしょうい》）
八一刊 西鶴大矢数《おおやかず》（井原西鶴）
八三刊 虚栗《みなしぐり》（宝井其角《きかく》）
八四 冬の日《ふゆのひ》（山本荷兮《やまもとかけい》）
八六刊 春の日《はるのひ》（山本荷兮）
八九 曠野《あらの》（山本荷兮）
九〇刊 ひさご（浜田珍碩《はまだちんせき》）
九〇 其袋《そのふくろ》（服部嵐雪《はっとりらんせつ》）
九一刊 猿蓑《さるみの》（向井去来《むかいきょらい》・野沢凡兆《のざわぼんちょう》共）
九四刊 炭俵《すみだわら》（志太野坡《しだやば》ら）
九八刊 続猿蓑《ぞくさるみの》（服部沾圃《はっとりせんぽ》）

五一 慶安の御触書《おふれがき》
五七 慶安の変
七三 江戸大火
出版取締令
八七 生類《しょうるい》憐みの令
九〇 湯島聖堂、昌平坂学問所成る
九一 朱子学の官学化
九四 江戸十組問屋

近世

一七〇四 宝永《ほうえい》
〇九 中御門《なかみかど》
一一 正徳《しょうとく》
一六 享保《きょうほう》

〇二頃 去来抄《きょらいしょう》（向井去来《むかいきょらい》）
〇二頃 三冊子《さんぞうし》（服部土芳《はっとりとほう》）
〇三 曾根崎心中《そねざきしんじゅう》（近松門左衛門）
〇六刊 風俗文選《ふうぞくもんぜん》（森川許六《もりかわきょりく》）
〇八 傾城反魂香《けいせいはんごんこう》（近松門左衛門）
一一 冥途の飛脚《めいどのひきゃく》（近松門左衛門）
一五 国性爺合戦《こくせんやかっせん》（近松門左衛門）
一五刊 世間子息気質《せけんむすこかたぎ》（江島其磧《えじまきせき》）
一六後 折たく柴の記《おりたくしばのき》（新井白石《あらいはくせき》）
二〇 心中天網島《しんじゅうてんのあみじま》（近松門左衛門）
二一 女殺油地獄《おんなごろしあぶらのじごく》（近松門左衛門）

〇〇刊 梨本集《なしのもとしゅう》（戸田茂睡《とだもすい》）
〇三 松の葉《まつのは》（秀松軒《しゅうしょうけん》）
〇四刊 落葉集（大木扇徳《おおきせんとく》）
一八刊 独言《ひとりごと》（上島鬼貫《おにつら》）
二七 七車《ななぐるま》（上島鬼貫）

一七〇二 赤穂浪士ら吉良《きら》上野介を討つ
〇四 時事謡曲狂歌を禁止
〇六 倹約令
〇七 幕府藩札を禁止
〇九 正徳の治
一五 正徳新令
一六 享保の改革
二一 目安箱設置
二二 心中禁止令
二二 小石川養生所設

近世	三六	櫻町《さくらまち》	元文《げんぶん》
	四一		寛保《かんぽう》
	四四		延享《えんきょう》
	四八	桃園《ももぞの》	寛延《かんえん》
	五一		宝暦《ほうれき》
	六四	後櫻町《ごさくらまち》	明和《めいわ》
	七二	後桃園《ごももぞの》	安永《あんえい》
	八一	光格《こうかく》	天明《てんめい》
	八九		寛政《かんせい》
近世	一八〇一		享和《きょうわ》
	〇四		文化《ぶんか》
	一八	仁孝《にんこう》	文政《ぶんせい》

三二	駿台雑話《すんだいざつわ》（室鳩巣《むろきゅうそう》）
四六	菅原伝授手習鑑《すがわらでんじゅてならいかがみ》（竹田出雲《たけだいずも》ら）
四七	義経千本桜《よしつねせんぼんざくら》（竹田出雲ら）
四八	仮名手本忠臣蔵《かなでほんちゅうしんぐら》（竹田出雲ら）
五一	一谷嫩軍記《いちのたにふたばぐんき》（並木宗輔ら）
六〇	万葉考《まんようこう》（賀茂真淵《かものまぶち》）
六五	新学《にいまなび》（賀茂真淵）
六八刊	西山物語《にしやま》（建部綾足《たけべあやたり》）
六八	雨月物語《うげつ》（上田秋成《うえだあきなり》）
七一	妹背山婦女庭訓《いもせやまおんなていきん》（近松半二《はんじ》ら）
七五刊	金々先生栄華夢《きんきんせんせいえいがのゆめ》（恋川春町《こいかわはるまち》）
八五刊	江戸生艶気樺焼《えどうまれうわきのかばやき》（山東京伝《さんとうきょうでん》）
八七刊	通言総籬《つうげんそうまがき》（山東京伝）
八七〜刊	鶉衣《うずらごろも》（横井也有《よこいやゆう》）
九〇〜刊	古事記伝《こじきでん》（本居宣長《もとおりのりなが》）
九五〜刊	玉勝間《たまかつま》（本居宣長）
九六	源氏物語玉の小櫛《げんじものがたりたまのおぐし》（本居宣長）
〇二〜刊	東海道中膝栗毛《とうかいどうちゅうひざくりげ》（十返舎一九《じっぺんしゃいっく》）
〇七〜刊	椿説弓張月《ちんせつゆみはりづき》（曲亭馬琴《きょくていばきん》）
〇八	春雨物語《はるさめ》（上田秋成）
〇九〜刊	浮世風呂《うきよぶろ》（式亭三馬《しきていさんば》）
一三〜刊	浮世床《うきよどこ》（式亭三馬）
一四〜刊	南総里見八犬伝《なんそうさとみはっけんでん》（曲亭馬琴）
一四〜刊	新学異見《にいまなびいけん》（香川景樹《かがわかげき》）
一八	花月草子《かげつそうし》（松平定信《まつだいらさだのぶ》）
一九	おらが春《はる》（小林一茶《こばやしいっさ》）

五〇	玄峰集《げんぽう》（服部嵐雪《はっとりらんせつ》）
六五〜刊	誹風柳多留《はいふうやなぎだる》（柄井川柳《からいせんりゅう》）
七一後	天降言《あもりごと》（田安宗武《たやすむねたけ》）
七二刊	秋の日《あきひ》（加藤暁台《かとうきょうたい》）
七二	太祇句撰《たいぎくせん》（炭太祇《たんたいぎ》）
七三	一夜四歌仙《いちやしかせん》（与謝蕪村《よさぶそん》）
七七	新花摘《しんはなつみ》（与謝蕪村）
七七刊	夜半楽《やはんらく》（与謝蕪村）
八三刊	万載狂歌集《まんざいきょうか》（四方赤良《よものあから》ら）
八四刊	蕪村句集《ぶそん》（高井几董《きとう》）
九八〜刊	鈴屋集《すずのや》（本居宣長）
〇二刊	うけらが花（加藤千蔭《かとうちかげ》）
〇九刊	蕪村七部集
一〇	琴後集《ことじり》（村田春海《むらたはるみ》）
一一	六帖詠草《ろくじょうえいそう》（小沢蘆庵《おざわろあん》）
二八	桂園一枝《けいえんいっし》（香川景樹《かがわかげき》）

二三	足高の制
三二	享保の大飢饉《ききん》
四二	公事方御定書
五五	農民一揆《き》鎮圧令
五八	宝暦事件
六七	田沼意次《おきつぐ》側用人明和事件
七一	おかげ参り流行
八三	天明の大飢饉
八七	寛政の改革
八九	倹約令・棄捐《えん》令
九〇	寛政異学の禁
一八二五	外国船打払令
三三	天保の大飢饉《きん》
三七	大塩平八郎の乱
三九	蛮社の獄

近世

三〇		天保《てんぽう》
四四		弘化《こうか》
四八	孝明《こうめい》	嘉永《かえい》
五四		安政《あんせい》
六〇		万延《まんえん》
六五		慶応《けいおう》

一九	群書類従《ぐんしょるいじゅう》（塙保己一《はなわほきいち》）
二五	東海道四谷怪談《とうかいどうよつやかいだん》（鶴屋南北《つるやなんぼく》）
二九～刊	偐紫田舎源氏《にせむらさきいなかげんじ》（柳亭種彦《りゅうていたねひこ》）
三二～刊	春色梅児誉美《しゅんしょくうめごよみ》（為永春水《ためながしゅんすい》）
三七	北越雪譜《ほくえつせっぷ》（鈴木牧之《すずきぼくし》）
六〇	三人吉三廓初買《さんにんきちさくるわのはつがい》（河竹黙阿弥《かわたけもくあみ》）
六二	青砥稿花紅彩画《あおとぞうしはなのにしきえ》（河竹黙阿弥）
六六～刊	西洋事情《せいようじじょう》（福沢諭吉《ふくざわゆきち》）
四四頃	ひとりごち（大隈言道《おおくまことみち》）
六四刊	草径集《そうけい》（大隈言道）
七八刊	志濃夫廼舎歌集《しのぶのや》（橘曙覧《たちばなのあけみ》）

四一	天保の改革
四三	上知令
五四	米英露和親条約
五六	吉田《よしだ》松陰松下村塾を開く
五八	日米修好通商条約、安政の大獄
六〇	桜田門外の変
六二	坂下門外の変
六六	薩長《さっちょう》同盟成立
六七	大政奉還

近・現代文学年表

＊本年表は学習上の参考として付すものであり、検定試験の出題内容・範囲との直接の関わりはない。
＊作品の成立年は初出を原則とした（ただし、雑誌発表のものは雑誌掲載年次、書き下ろしのものは単行本刊行年次、長期に渡るものは初編発表年次）。
＊作品名・編著者名の表記および読みは通行の一例を示した。

西暦	年号	小説・戯曲	詩歌・評論・その他	参考事項	一般歴史
一八六〇	万延元	三人吉三《さんにんきちさ》廓《くるわ》初買《のはつがい》(河竹黙阿弥《かわたけもくあみ》)			アメリカ南北戦争　六一
六二	文久2	青砥稿花紅彩画《あおとぞうしはなのにしきえ》(河竹黙阿弥)			坂下門外の変　六二
六六	慶応2		西洋事情(福沢諭吉《ふくざわゆきち》)		大政奉還　六七
一八六八	明治元		訓蒙窮理図解《くんもうきゅうりずかい》(福沢諭吉)		
六九	2		世界国尽《くにづくし》(福沢諭吉)		
七〇	3	西洋道中膝栗毛《ひざくりげ》(仮名垣魯文《かながきろぶん》)			フランス第三共和制七〇
七一	4	安愚楽鍋《あぐらなべ》(仮名垣魯文)	西国《さいごく》立志編(中村正直《まさなお》訳)		廃藩置県　七一
七二	5		学問のすゝめ(福沢諭吉)		ドイツ帝国成立　七一
七四	7		柳橋新誌《りゅうきょうしんし》第二編(成島柳北《なるしまりゅうほく》)	『明六《めいろく》雑誌』創刊	
七五	8	怪化百物語《かいかひゃくものがたり》(高畠藍泉《たかばたけらんせん》)	文明論之概略(福沢諭吉)		
七七	10		日本開化小史(田口卯吉《うきち》)		西南戦争　七七
七八	11	花柳春話《かりゅうしゅんわ》(丹羽《にわ》純一郎訳)			自由民権運動　七八
七九	12		民権自由論(植木枝盛《えもり》)		
八一	14	天衣紛上野初花《くもにまごううえののはつはな》(河竹黙阿弥)			
八二	15	自由乃凱歌《じゆうのかちどき》(宮崎夢柳《みやざきむりゅう》訳)	新体詩抄《しんたいししょう》(外山正一《とやままさかず》・矢田部良吉《やたべりょうきち》・井上哲次郎)・民約訳解《みんやくやくかい》(中江兆民《なかえちょうみん》訳)		
八三	16	経国美談《けいこくびだん》(矢野龍渓《やのりゅうけい》)			
八四	17	怪談牡丹燈籠《かいだんぼたんどうろう》(三遊亭円朝《さんゆうていえんちょう》)			
八五	18	当世書生気質《とうせいしょせいかたぎ》(坪内逍遥《つぼうちしょうよう》)・佳人之奇遇《かじんのきぐう》(東《とう》	小説神髄《しんずい》(坪内逍遥)	硯友社《けんゆうしゃ》結成	

		海散士《かいさんし》)		『我楽多文庫《がらくた》』創刊	
八六	19	雪中梅《せっちゅうばい》(末広鉄腸《すえひろてっちょう》)	小説総論(二葉亭四迷《ふたばていしめい》)	演劇改良会創立	
八七	20	浮雲《うきぐも》(二葉亭四迷)・武蔵野《むさしの》(山田美妙《びみょう》)		『国民之友』創刊	
八八	21	あひびき・めぐりあひ(二葉亭四迷訳)	孝女白菊の歌(落合直文《おちあいなおぶみ》)		
八九	22	二人比丘尼色懺悔《ににんびくにいろざんげ》(尾崎紅葉《おざきこうよう》)・風流仏《ふうりゅうぶつ》(幸《こう》田露伴《だろはん》)	楚囚之詩《そしゅうのし》(北村透谷《とうこく》)・於母影《おもかげ》(森鷗外《おうがい》ら訳)	『しがらみ草紙』創刊	大日本帝国憲法発布八九
九〇	23	舞姫《まいひめ》・うたかたの記(森鷗外)・伽羅枕(尾崎紅葉)			教育勅語発布九〇
九一	24	五重塔《ごじゅうのとう》(幸田露伴)・こがね丸(巌谷小波《いわやさざなみ》)	蓬莱曲《ほうらいきょく》(北村透谷)・早稲田《わせだ》文学の没理想(森鷗外)	『早稲田文学』創刊	
九二	25	即興詩人《そっきょうしじん》(森鷗外訳)・三人妻(尾崎紅葉)	獺祭書屋俳話《だっさいしょおくはいわ》(正岡子規《しき》)		
九三	26		内部生命論・人生に相渉《あいわた》るとは何の謂《い》ぞ(北村透谷)	『文学界』創刊 浅香社《あさかしゃ》結成	
九四	27	滝口入道《たきぐちにゅうどう》(高山樗牛《ちょぎゅう》)・大つごもり(樋口一葉《ひぐちいちよう》)・桐一葉《きりひとは》(坪内逍遥)	亡国の音《ぼうこくのおん》(与謝野鉄幹《よさのてっかん》)		日清戦争九四
九五	28	たけくらべ・にごりえ・十三夜(樋口一葉)・書記官(川上眉山)・変目伝《へめでん》(広津柳浪《ひろつりゅうろう》)・夜行巡査《やこうじゅんさ》・外科室(泉鏡花《いずみきょうか》)	俳諧大要《はいかいたいよう》(正岡子規)	『帝国文学』創刊 『文庫』創刊	
九六	29	多情多恨(尾崎紅葉)・照葉狂言《てりはきょうげん》(泉鏡花)	東西南北(与謝野鉄幹)	『めさまし草』創刊	
九七	30	金色夜叉《こんじきやしゃ》(尾崎紅葉)	若菜集《わかなしゅう》(島崎藤村《とうそん》)	『ホトトギス』創刊	
九八	31	不如帰《ほととぎす》(徳冨蘆花《とくとみろか》)・くれの廿八日(内田魯庵《ろあん》)・忘れえぬ人々(国木田独歩《くにきだどっぽ》)	歌よみに与ふる書(正岡子規)・福翁自伝《ふくおうじでん》(福沢諭吉)	根岸短歌会・新詩社九九創立	
九九	32		天地有情《てんちうじょう》(土井晩翠《どいばんすい》)・暮笛集《ぼてきしゅう》(薄田泣菫《すすきだきゅうきん》)		
一九〇〇	33	高野聖《こうやひじり》(泉鏡花)・はつ姿(小杉天外《てんがい》)	自然と人生(徳冨蘆花)	『明星《みょうじょう》』創刊	清、義和団の乱〇〇
〇一	34	武蔵野《むさしの》・牛肉と馬鈴薯(国木田独歩)	みだれ髪(与謝野晶子《あきこ》)・美的生活を論ず(高山樗牛《ちょぎゅう》)		

〇二	35	重右衛門《じゅうえもん》の最後（田山花袋《かたい》）			日英同盟 〇二
〇三	36		独絃哀歌《どくげんあいか》（蒲原有明《かんばらありあけ》）	『平民新聞』創刊	
〇四	37	火の柱《はしら》・良人《おっと》の自白《じはく》（木下尚江《なおえ》）	藤村《とうそん》詩集（島崎藤村）・竹の里歌《さとうた》（正岡子規）	『馬酔木《あしび》』創刊 〇三	日露戦争 〇四
〇五	38	吾輩《わがはい》は猫《ねこ》である（夏目漱石《なつめそうせき》）	海潮音《かいちょうおん》（上田敏《びん》訳）		
〇六	39	野菊の墓（伊藤左千夫《さちお》）・破戒《はかい》（島崎藤村）・其《その》面影《おもかげ》（二葉亭四迷）・坊《ぼ》っちゃん・草枕《くさまくら》（夏目漱石）	白羊宮《はくようきゅう》（薄田泣菫）・孔雀船《くじゃくぶね》（伊良子清白《いらこせいはく》）・茶の本（岡倉天心《てんしん》）	『早稲田文学』復刊 文芸協会創立	
〇七	40	蒲団《ふとん》（田山花袋）・虞美人草《ぐびじんそう》（夏目漱石）・平凡（二葉亭四迷）	塵溜《はきだめ》（川路柳虹《かわじりゅうこう》）・文学論（夏目漱石）	第一次『新思潮』創刊	英仏露三国協商 〇七
〇八	41	生（田山花袋）・何処《どこ》へ（正宗白鳥《まさむねはくちょう》）・三四郎（夏目漱石）・春（島崎藤村）・あめりか物語（永井荷風《かふう》）・新世帯《あらじょたい》（徳田秋声《しゅうせい》）	海の声（若山牧水《ぼくすい》）・有明集（蒲原有明）・文芸上の自然主義（島村抱月《ほうげつ》）	『アララギ』創刊 パンの会結成	
〇九	42	ヰタ・セクスアリス（森鷗外）・ふらんす物語・すみだ川（永井荷風）・それから（夏目漱石）・煤煙《ばいえん》（森田草平《そうへい》）・田舎《いなか》教師（田山花袋）・耽溺《たんでき》（岩野泡鳴《ほうめい》）	邪宗門《じゃしゅうもん》（北原白秋《はくしゅう》）・廃園《はいえん》（三木露風《ろふう》）	『スバル』創刊 自由劇場創立	
一〇	43	家（島崎藤村）・門（夏目漱石）・網走まで（志賀直哉《なおや》）・土（長塚節《たかし》）・刺青《しせい》（谷崎潤一郎《じゅんいちろう》）・青年（森鷗外）・人形の家（島村抱月訳）	NAKIWARAI《なきわらい》（土岐哀果《ときあいか》）・一握《いちあく》の砂（石川啄木《たくぼく》）・酒ほがひ（吉井勇《いさむ》）・別離（若山牧水）・時代閉塞《へいそく》の現状（石川啄木）	『白樺《しらかば》』・『三田《みた》文学』創刊 第二次『新思潮』創刊	幸徳秋水《こうとくしゅうすい》ら大逆事件 一〇 韓国併合、朝鮮と改称 一〇
一一	44	或る女（有島武郎《ありしまたけお》）・お目出《めで》たき人（武者小路《むしゃこうじ》実篤《さねあつ》）・黴《かび》（徳田秋声）・雁《がん》（森鷗外）・修禅寺《しゅぜんじ》物語（岡本綺堂《きどう》）	思ひ出（北原白秋）・善の研究（西田幾多郎《きたろう》）・千曲川《ちくまがわ》のスケッチ（島崎藤村）	『青踏《せいとう》』創刊 『朱欒《ザムボア》』創刊	中国に辛亥《しんがい》戦争 一一
一二	45		悲しき玩具《がんぐ》（石川啄木）		清滅び中華民国成立 一二
一九一二	大正元	大津順吉（志賀直哉）・哀《かな》しき父（葛西善蔵《かさいぜんぞう》）・彼岸過迄《ひがんすぎまで》・行人《こうじん》（夏目漱石）		『奇蹟《きせき》』創刊	
一三	2	阿部一族（森鷗外）・大菩薩峠《だいぼさつとうげ》（中里介山《なかざとかいざん》）・	桐の花（北原白秋）・赤光《しゃっこう》（斎藤茂吉《もきち》）・白き	芸術座創立	

一四	3	桑の実（鈴木三重吉《みえきち》）・銀の匙《さじ》（中勘助《なかかんすけ》）こころ（夏目漱石）・桜の実の熟する時（島崎藤村）	手の猟人《かりゅうど》（三木露風）・珊瑚《さんご》集（永井荷風訳）道程《どうてい》（高村光太郎《こうたろう》）・鍼《はり》の如《ごと》く（長塚節）・三太郎の日記（阿部次郎）	第三次『新思潮』創刊	第一次世界大戦 一四
一五	4	あらくれ（徳田秋声）・山椒大夫《さんしょうだゆう》（森鷗外）・道草（夏目漱石）・羅生門《らしょうもん》（芥川龍之介《あくたがわりゅうのすけ》）・鳥辺山心中（岡本綺堂）	聖三稜玻璃《せいさんりょうはり》（山村暮鳥《ぼちょう》）・切火《きりび》（島木赤彦《あかひこ》）・虚子《きょし》句集（高浜虚子《きょし》）	『潮音』創刊	
一六	5	腕くらべ（永井荷風）・明暗（夏目漱石）・渋江《しぶえ》抽斎《ちゅうさい》・高瀬舟（森鷗外）・鼻・芋粥（芥川龍之介）・出家とその弟子（倉田百三《くらたひゃくぞう》）	林泉《りんせん》集（中村憲吉《けんきち》）・碧梧桐《へきごとう》句集（河東碧梧桐《かわひがしへきごとう》）・貧乏物語（河上肇《はじめ》）	第四次『新思潮』創刊	
一七	6	和解（志賀直哉）・カインの末裔《まつえい》（有島武郎）・城の崎にて・和解（志賀直哉）・父帰る（菊池寛《かん》）	月に吠《ほ》える（萩原朔太郎《はぎわらさくたろう》）		ロシア二月・十月革命 一七
一八	7	子をつれて（葛西善蔵）・新生《しんせい》（島崎藤村）・田園の憂鬱《ゆううつ》（佐藤春夫）・生れ出づる悩み（有島武郎）・地獄変（芥川龍之介）	自分は見た（千家元麿《せんげもとまろ》）・愛の詩集・抒情小曲集《じょじょうしょうきょくしゅう》（室生犀星《むろうさいせい》）・新しき村の生活（武者小路実篤）	『赤い鳥』創刊	各地で米騒動起こる 一八
一九	8	或《あ》る女（有島武郎）・幸福者・友情（武者小路実篤）・恩讐《おんしゅう》の彼方《かなた》に（菊池寛）・運命（幸田露伴）・幼年時代・性に目覚《めざ》める頃《ころ》（室生犀星）・蔵《くら》の中・苦の世界（宇野浩二《こうじ》）	月光とピエロ（堀口大學《ほりぐちだいがく》）・食後の唄《うた》（木下杢太郎《もくたろう》）	『改造』創刊	中国に五・四運動 一九 ヴェルサイユ条約 一九
二〇	9	小僧の神様（志賀直哉）・嬰児殺《えいじごろ》し（山本有三《ゆうぞう》）	惜しみなく愛は奪ふ（有島武郎）・牧羊神（上田敏）・短歌に於《お》ける写生の説（斎藤茂吉）		国際連盟成立 二〇
二一	10	暗夜行路《あんやこうろ》前編（志賀直哉）・無限抱擁《むげんほうよう》（瀧井孝作）・第一の世界（小山内薫《おさないかおる》）	殉情《じゅんじょう》詩集（佐藤春夫）・あらたま（斎藤茂吉）・愛と認識との出発（倉田百三《ひゃくぞう》）・唯物史観《ゆいぶつしかん》と文学（平林初之輔《はつのすけ》）	『種蒔《ま》く人』創刊	ワシントン軍縮会議 二一
二二	11	多情仏心《たじょうぶっしん》（里見弴《さとみとん》）・黒髪《くろかみ》（近松秋江《ちかまつしゅうこう》）・人間	宣言一つ（有島武郎）・侏儒《しゅじゅ》の言葉（芥川龍之		

二三	12	万歳《ばんざい》（武者小路実篤） 青銅の基督（長与善郎《ながよよしろう》）・子を貸し屋（宇野浩二）・山椒魚《さんしょううお》（井伏鱒二《いぶせますじ》）・日輪《にちりん》（横光利一《よこみつりいち》）	介） 青猫《あおねこ》（萩原朔太郎）・ダダイスト新吉《しんきち》の詩（高橋新吉）	『文芸春秋』創刊	関東大震災 二三
二四	13	伸子《のぶこ》（宮本百合子《ゆりこ》）・痴人《ちじん》の愛（谷崎潤一郎）・竹沢先生と云《い》ふ人（長与善郎）・玄朴《げんぼく》と長英《ちょうえい》（真山青果《まやませいか》）・嵐（島崎藤村）	春と修羅《しゅら》（宮沢賢治《けんじ》）・太虚集《たいきょ》（島木赤彦）・新感覚派の誕生（千葉亀雄《かめお》）	築地小劇場創設 『文芸戦線』『文芸時代』創刊	
二五	14	檸檬《れもん》（梶井基次郎《かじいもとじろう》）	月下の一群（堀口大學訳）・海やまのあひだ（釈迢空《しゃくちょうくう》）・女工哀史《じょこうあいし》（細井和喜蔵《わきぞう》）・私小説と心境小説（久米正雄《くめまさお》）	日本プロレタリア芸術連盟結成 二六	普通選挙法公布 二五
二六	15	伊豆《いず》の踊子《おどりこ》（川端康成《かわばたやすなり》）・海に生くる人々（葉山嘉樹《はやまよしき》）		『驢馬《ろば》』創刊	
一九二六	昭和元	礫茂左衛門（藤森成吉）・河童《かっぱ》・或阿呆《あるあほう》の一生・歯車《はぐるま》（芥川龍之介）	杮蔭集《しいん》（島木赤彦）・自然生長と目的意識（青野季吉《すえきち》）		
二七	2	橇《そり》（黒島伝治《くろしまでんじ》）・施療室《せりょうしつ》にて（平林たい子）・何が彼女をさうさせたか（藤森成吉《せいきち》）	マルクス主義文芸批評の基準（蔵原惟人《くらはらこれひと》）・文芸的な、余りにも文芸的な（芥川龍之介）		金融恐慌 二七
二八	3	業苦《ごうく》（嘉村礒多《かむらいそた》）・真知子（野上彌生子《のがみやえこ》）・波（山本有三）・放浪記《ほうろうき》（林芙美子《ふみこ》）・蓼喰《たでく》ふ虫（谷崎潤一郎）・冬の蠅《はえ》（梶井基次郎）		『詩と詩論』創刊 ナップ結成 『戦旗』創刊	
二九	4	夜明け前（島崎藤村）・蟹工船《かにこうせん》（小林多喜二《たきじ》）・太陽のない街（徳永直《すなお》）・牛山ホテル（岸田國士《くにお》）	敗北の文学（宮本顕治《みやもとけんじ》）・様々なる意匠《いしょう》（小林秀雄《こばやしひでお》）・超現実主義持論（西脇順三郎《にしわきじゅんざぶろう》）・	日本プロレタリア作家同盟結成	世界大恐慌 二九
三〇	5	機械（横光利一）・聖家族《せいかぞく》（堀辰雄《ほりたつお》）	軍艦茉莉《ぐんかんまり》（安西冬衛《あんざいふゆえ》）・戦争（北川冬彦《ふゆひこ》）・主知的文学論（阿部知二《ともじ》）・測量船《そくりょうせん》（三好達治《みよしたつじ》）・葛飾（水原秋桜子《しゅうおうし》）		
三一	6	つゆのあとさき（永井荷風）			満州事変 三一
三二	7	鮎《あゆ》（丹羽文雄《にわふみお》）・女の一生（山本有三）	帆・ランプ・鷗《かもめ》（丸山薫《まるやまかおる》）・凍港《とうこう》（山口誓子《やまぐちせいし》）・山廬集《さんろ》（飯田蛇笏《いいだだこつ》）	『コギト』創刊	五・一五事件 三二 米、ニュー・ディール

三三	8	春琴抄《しゅんきんしょう》(谷崎潤一郎)・若い人(石坂洋次郎《ようじろう》)・美しい村(堀辰雄)・おふくろ(田中千禾夫《ちかお》) Ambarvalia《あむばるわりあ》(西脇順三郎)・陰翳礼讃《いんえいらいさん》(谷崎潤一郎)	『文学界』創刊	政策 三三
三四	9	紋章(横光利一)・あにいもうと(室生犀星) 氷島《ひょうとう》(萩原朔太郎)・山羊《やぎ》の歌(中原中也《なかはらちゅうや》)	『四季』創刊	
三五	10	雪国(川端康成)・蒼氓《そうぼう》(石川達三《たつぞう》)・仮装人物《かそうじんぶつ》(徳田秋声)・真実一路(山本有三)・故旧《こきゅう》忘れ得《う》べき(高見順《たかみじゅん》)・華々しき一族(森本薫) 中野重治《なかのしげはる》詩集(中野重治)・わがひとに与ふる哀歌《あいか》(伊東静雄《いとうしずお》)・ドストエフスキイの生活(小林秀雄)	芥川賞・直木賞設立 『日本浪漫派《ろうまんは》』創刊 『歴程』創刊	
三六	11	冬の宿(阿部知二)・風立ちぬ(堀辰雄)・いのちの初夜(北条民雄《ほうじょうたみお》)・普賢《ふげん》(石川淳《じゅん》) 日本の橋(保田与重郎《やすだよじゅうろう》)		二・二六事件 三六
三七	12	濹東綺譚《ぼくとうきだん》(永井荷風)・旅愁《りょしゅう》(横光利一)・暗夜行路完結(志賀直哉)・生活の探究(島木健作《しまきけんさく》)・火山灰地《かざんばいち》(久保栄《くぼさかえ》) 萱草《わすれぐさ》に寄す・暁《あかつき》と夕《ゆうべ》の詩(立原道造《たちはらみちぞう》)・鮫《さめ》(金子光晴《かねこみつはる》)		日中戦争 三七
三八	13	妻と兵隊(火野葦平《ひのあしへい》)・石狩川《いしかりがわ》(本庄陸男《ほんじょうむつお》) 人生論ノート(三木清《みききよし》)・在《あ》りし日の歌(中原中也)・蛙《かえる》(草野心平《くさのしんぺい》)		国家総動員法 三八
三九	14	歌のわかれ(中野重治《なかのしげはる》)・富嶽百景(太宰治《だざいおさむ》) 艸千里《くさせんり》(三好達治)・体操詩集(村野四郎《むらのしろう》)		第二次世界大戦 三九
四〇	15	夫婦善哉《めおとぜんざい》(織田作之助《おださくのすけ》)・走れメロス(太宰治)		日独伊三国軍事同盟 四〇
四一	16	菜穂子《なおこ》・曠野《あらの》(堀辰雄)・縮図(徳田秋声) 智恵子抄《ちえこしょう》(高村光太郎)		太平洋戦争 四一
四二	17	光と風と夢・山月記《さんげつき》(中島敦《なかじまあつし》) 無常といふ事(小林秀雄)・斎藤茂吉ノート(中野重治)・日本文化私観(坂口安吾《さかぐちあんご》)		
四三	18	細雪《ささめゆき》(谷崎潤一郎)・李陵《りりょう》・弟子《でし》(中島敦)・東方《とうほう》の門(島崎藤村) 富士山(草野心平)・司馬遷《しばせん》(武田泰淳《たけだたいじゅん》)		
四四	19	新釈 諸国噺《しんしゃくしょこくばなし》・津軽《つがる》(太宰治)		
四五	20	お伽草紙《おとぎぞうし》(太宰治)・女の一生(森本薫) 歌声よ、おこれ(宮本百合子)	新日本文学会結成四五	広島・長崎に原爆投下 四五 太平洋戦争終わる 四五 国際連合成立 四五
四六	21	灰色の月(志賀直哉)・死霊《しれい》(埴谷雄高《はにやゆたか》)・播州平野《ばんしゅうへいや》(宮本百合子)・暗い絵(野間宏《のまひろし》)・白痴《はくち》(坂口安吾《さかぐちあんご》)・桜島《さくらじま》(梅崎春生《うめざきはるお》)・死の影の下に(中村真一郎《なかむらしんいちろう》)・中橋公館(真船豊《まふねゆたか》) 無常といふ事(小林秀雄)・第二芸術(桑原武夫《くわばらたけお》)・堕落論《だらくろん》(坂口安吾)・第二の青春(荒正人《あらまさひと》)・復興期の精神(花田清輝《はなだきよてる》)	『新潮』『文芸』復刊 『展望』『近代文学』創刊 『新日本文学』創刊	天皇人間宣言 四六

四七	22	斜陽《しゃよう》・ヴィヨンの妻（太宰治）・青年の環《わ》（野間宏）・夏の花（原民喜《はらたみき》）	1946・文学的考察（加藤周一《しゅういち》・中村真一郎《しんいちろう》・福永武彦《ふくながたけひこ》）・近代の宿命（福田恆存《ふくだつねあり》）・戦争と平和論（本多秋五《ほんだしゅうご》）	政治と文学論争 四六 『荒地《あれち》』創刊	日本国憲法施行 四七 六三三四制の新学制発足 四七
四八	23	俘虜記《ふりょき》（大岡昇平《おおおかしょうへい》）・人間失格（太宰治）・永遠なる序章（椎名麟三《しいなりんぞう》）	マチネ・ポエティック詩集（中村真一郎ら）・落下傘・蛾《が》（金子光晴）・小説の方法（伊藤整《いとうせい》）		
四九	24	仮面の告白（三島由紀夫《みしまゆきお》）・足摺岬《あしずりみさき》（田宮虎彦《たみやとらひこ》）・山の音・千羽鶴《せんばづる》（川端康成）・夕鶴（木下順二《きのしたじゅんじ》）	芸術と実生活（平野謙《ひらのけん》）・現代文学論（青野季吉）・鬼の児の唄（金子光晴）	芥川賞・直木賞復活	中華人民共和国成立 四九
五〇	25	武蔵野夫人（大岡昇平）・絵本（田宮虎彦）	昭和文学論（平野謙）・風俗《ふうぞく》小説論（中村光夫《なかむらみつお》）		朝鮮戦争 五〇
五一	26	野火《のび》（大岡昇平）・広場の孤独（堀田善衛《ほったよしえ》）・壁（阿部公房《あべこうぼう》）	原爆詩集（峠三吉《とうげさんきち》）・荒地詩集《あれちししゅう》（『荒地』同人）	チャタレイ裁判	日米安全保障条約調印 五一
五二	27	真空地帯《しんくうちたい》（野間宏）・風媒花《ふうばいか》（武田泰淳《たけだたいじゅん》）	組織と人間（伊藤整）・二十億光年の孤独（谷《たに》川俊太郎《かわしゅんたろう》）		
五三	28	自由の彼方《かなた》で（椎名麟三）・悪い仲間（安岡章太郎）	伊東静雄詩集		
五四	29	むらぎも（中野重治）・草の花（福永武彦）・驟雨《しゅうう》（吉行淳之介《よしゆきじゅんのすけ》）・晶子曼陀羅《あきこまんだら》（佐藤春夫）・潮騒《しおさい》（三島由紀夫）・プールサイド小景（庄野潤三《しょうのじゅんぞう》）	死の灰詩集（現代詩人会編）・日本の近代小説（中村光夫）	『現代詩』創刊	
五五	30	雲の墓標《ぼひょう》（阿川弘之《あがわひろゆき》）・白い人（遠藤周作《しゅうさく》）・太陽の季節（石原慎太郎《いしはらしんたろう》）・森と湖のまつり（武田泰淳）	鮎川信夫《あゆかわのぶお》詩集・古典と現代文学（山本健吉《やまもとけんきち》）・中世の文学（唐木順三《からきじゅんぞう》）		バンドン会議 五五
五六	31	金閣寺（三島由紀夫）・氷壁《ひょうへき》（井上靖《いのうえやすし》）・楢山節考《ならやまぶしこう》（深沢七郎《ふかざわしちろう》）・氾濫《はんらん》（伊藤整）・人間の条件（五味川純平《ごみかわじゅんぺい》）	文学者の戦争責任（吉本隆明《よしもとたかあき》ら）・四千の日と夜（田村隆一《たむらりゅういち》）・夏目漱石（江藤淳《えとうじゅん》）・宮柊二全歌集	戦争責任論争	日ソ国交回復 五六
五七	32	鹿鳴館（三島由紀夫）・死者の奢《おご》り（大江健三《おおえけんざぶ》	二葉亭四迷伝（中村光夫）・組織の中の人間	チャタレイ裁判有罪	ソ連人工衛星打上げ 五七

		郎《ろう》)・天平《てんぴょう》の甍《いらか》(井上靖)・海と毒薬(遠藤周作)・女坂《おんなざか》(円地文子《えんちふみこ》)・人間の壁(石川達三)・裸の王様(開高健《かいこうたけし》)	(平野謙)・人間と文学(臼井吉見《うすいよしみ》)	判決	
五八	33	飼育・芽むしり仔撃《こう》ち(大江健三郎)・さいころの空(野間宏)・楼蘭《ろうらん》(井上靖《やすし》)	日本のアウトサイダー(河上徹太郎《かわかみてつたろう》)・吉本隆明詩集・日本人霊歌(塚本邦雄《つかもとくにお》)・わが愛する詩人の伝記(室生犀星)		
五九	34	海辺の光景《こうけい》(安岡章太郎《やすおかしょうたろう》)・敦煌《とんこう》(井上靖)	日本人の精神史研究(亀井勝一郎《かめいかついちろう》)・亡羊記《ぼうようき》(村野四郎)		
六〇	35	夜と霧の隅《すみ》で(北杜夫《きたもりお》)・パルタイ(倉橋由美子《くらはしゆみこ》)・海鳴りの底から(堀田善衛)・神聖喜劇《しんせいきげき》(大西巨人《おおにしきょじん》)・死の棘《とげ》(島尾敏雄《しまおとしお》)・忍ぶ川(三《み》浦哲郎《うらてつお》)	壺井繁治《つぼいしげじ》詩集・谷川雁《たにがわがん》詩集・失われた時(西脇順三郎)・小林秀雄論(江藤淳)・日本浪漫《ろうまん》派批判序説(橋川文三《はしかわぶんぞう》)		安保闘争 六〇
六一	36	パリ燃ゆ(大佛次郎《おさらぎじろう》)・雁《がん》の寺(水上勉《みずかみつとむ》)・古都(川端康成)	多くの夜の歌(宮柊二《みやしゅうじ》)・何でも見てやろう(小田実《おだまこと》)		
六二	37	楡家《にれけ》の人びと(北杜夫)・悲《ひ》の器《うつわ》(高橋和巳《たかはしかずみ》)・砂の女(阿部公房)・廻廊《かいろう》にて(辻邦生《つじくにお》)・オットーと呼ばれる日本人(木下順二)	近代詩の終焉《しゅうえん》(伊藤信吉《しんきち》)		
六三	38	地の群れ(井上光晴《いのうえみつはる》)・性的人間《せいてきにんげん》(大江健三郎)・世阿弥《ぜあみ》(山崎正和《やまざきまさかず》)	無用者の文学(唐木順三)・小説の再発見(山本健吉)		
六四	39	されどわれらが日々──(柴田翔《しばたしょう》)・個人的な体験(大江健三郎)	死の淵《ふち》より(高見順《たかみじゅん》)・無常《むじょう》(唐木順三)・考へるヒント(小林秀雄)	『近代文学』終刊	東京オリンピック開催 六四
六五	40	黒い雨(井伏鱒二《いぶせますじ》)・抱擁家族《ほうようかぞく》(小島信夫《こじまのぶお》)・甲乙丙丁《こうおつへいてい》(中野重治)・幻化《げんか》(梅崎春生《うめざきはるお》)・憂鬱《ゆううつ》なる党派《とうは》(高橋和巳)	言語にとって美とはなにか(吉本隆明)・谷川俊太郎詩集・ＩＬ(金子光晴)・厳粛《げんしゅく》な綱渡《つなわた》り(大江健三郎)		
六六	41	沈黙《ちんもく》(遠藤周作)・夏の流れ(丸山健二《まるやまけんじ》)・華岡青洲《はなおかせいしゅう》の妻(有吉佐和子《ありよしさわこ》)	幻影《げんえい》なき虚構《きょこう》(井上光晴)・沈黙の思想(松原新一《まつばらしんいち》)・大岡信《おおおかまこと》詩集		中国文化大革命 六六

六七	42	万延元年《まんえんがんねん》のフットボール(大江健三郎)・燃えつきた地図(阿部公房)・変容(伊藤整)	内部の人間(秋山駿《あきやましゅん》)		
六八	43	三匹の蟹《かに》(大庭《おおば》みな子)・不意の声(河野多恵《こうのたえ》子《こ》)	文化防衛論(三島由紀夫)・共同幻想論(吉本隆明)	川端康成ノーベル文学賞受賞	
六九	44	懲役人《ちょうえきにん》の告発(椎名麟三)・スミヤキストQの冒険(倉橋由美子)・時間(黒井千次《くろいせんじ》)	わが解体(高橋和巳《たかはしかずみ》)		大学紛争激化 六九
七〇	45	豊饒《ほうじょう》の海第四部(三島由紀夫)・試みの岸(小川国夫《おがわくにお》)・杳子《ようこ》(古井由吉《ふるいよしきち》)・司令の休暇(阿部昭《あべあきら》)	黄金詩篇《おうごんしへん》(吉増剛造《よしますごうぞう》)・漱石とその時代(江藤淳)・群黎《ぐんれい》(佐佐木幸綱《ささきゆきつな》)		安保条約自動延長 七〇 日本万国博覧会開催 七〇
七一	46	青年の環《わ》五巻(野間宏)・富士(武田泰淳)・レイテ戦記(大岡昇平)・書かれない報告(後藤《ごとう》明生《めいせい》)・栂《つが》の夢(大庭みな子)	心的現象論序説(吉本隆明)・文学が文学でなくなる時(吉田健一《よしだけんいち》)		沖縄返還協定 七一
七二	47	快楽《けらく》(武田泰淳)・恍惚《こうこつ》の人(有吉佐和子)			日中国交回復 七二
七三	48	箱男(阿部公房)・或《あ》る聖書(小川国夫)・俳人《はいじん》仲間《なかま》(瀧井孝作《たきいこうさく》)・一族再会《いちぞくさいかい》(江藤淳)・洪水《こうずい》はわが魂に及び(大江健三郎)	行きて帰る(山本健吉)・メランコリックな怪物(長田弘《おさだひろし》)		
七四	49	安曇野《あずみの》五巻(臼井吉見)	文学ノート(大江健三郎)		
七五	50	死霊第五章(埴谷雄高)・火宅《かたく》の人(檀一雄《だんかずお》)	日本文学史序説 上(加藤周一)		ベトナム戦争終結 七五
七六	51	空中庭園(日野啓三《ひのけいぞう》)・岬(中上健次《なかがみけんじ》)・限りなく透明に近いブルー(村上龍《むらかみりゅう》)	不機嫌の時代(山崎正和《やまざきまさかず》)・文学における虚と実(大岡昇平)		
七七	52	僕って何(三田誠広《みたまさひろ》)	本居宣長(小林秀雄)		
七八	53	雪ふる年よ(中野孝次《なかのこうじ》)・九月の空(高橋三千《たかはしみち》綱《つな》)	「無条件降伏」の意味(本多秋五)		日中平和友好条約調印 七八
七九	54	風の歌を聴け(村上春樹《むらかみはるき》)・同時代ゲーム(大江健三郎)	折々のうた(大岡信)		

八〇	55	狂風記(石川淳《いしかわじゅん》)・春の墓標(黒井千次《せんじ》)・遠雷(立松和平《たてまつわへい》)・コインロッカー・ベイビーズ(村上龍)・思い出トランプ(向田邦子《むこうだくにこ》)・なんとなく、クリスタル(田中康夫《たなかやすお》)	日本文学史序説 下(加藤周一)		イラン・イラク戦争開戦 八〇 ジョン・レノン暗殺 八〇
八一	56	蒲田行進曲《かまたこうしんきょく》(つかこうへい)			
八二	57	天窓のあるガレージ(日野啓三)・羊をめぐる冒険(村上春樹)			
八三	58	火の河のほとりで(津島佑子《つしまゆうこ》)・優しいサヨクのための嬉遊曲(島田雅彦《しまだまさひこ》)・ウホッホ探検隊(干刈《ひかり》あがた)・新しい人よ眼ざめよ(大江健三郎)	鹿鳴館の系譜(磯田光一《いそだこういち》)		
八四	59	白夜を旅する人々(三浦哲郎)			
八五	60	ベッドタイムアイズ(山田詠美《えいみ》)	「アメリカ」の影(加藤典洋《かとうのりひろ》)・批評とポストモダン(柄谷行人《からたにこうじん》)		
八六	61	シングル・セル(増田みず子)・優駿《ゆうしゅん》(宮本輝《みやもとてる》)			
八七	62	ノルウェイの森(村上春樹)・キッチン(吉本ばなな)	サラダ記念日(俵万智《たわらまち》)		
八八	63	TUGUMI《つぐみ》(吉本ばなな)			東西ドイツ統一 八九
九〇	平成2	文学部唯野《ただの》教授(筒井康隆《つついやすたか》)			ソビエト連邦解体 九一
九三	5	深い河(遠藤周作)			阪神・淡路大震災 九五
九四				大江健三郎、ノーベル文学賞受賞	長野冬季オリンピック開催 九八

〔編集〕 日本文学検定委員会
http://www.nichibunken.com/

〔制作スタッフ〕
赤塚史／工藤健司／小松由紀子
田代幸子／原田雅子／本橋典丈 他

日本文学検定公式問題集
〔古典・近現代〕 3級

2010年6月30日 初刷発行

編　者 日本文学検定委員会
発行者 岡元学実

発行所 株式会社 新典社

〒101－0051 東京都千代田区神田神保町1－44－11
営業部 03－3233－8051 編集部 03－3233－8052
ＦＡＸ 03－3233－8053 振 替 00170－0－26932

印刷所 恵友印刷㈱ 製本所 ㈲松村製本所

ISBN978-4-7879-7901-8 C0090

http://www.shintensha.co.jp/ E-Mail:info@shintensha.co.jp

日本の作家

＊○数字は既刊

①額田王　菊池威雄
②大伴旅人・山上憶良　村山出
③柿本人麻呂　橋本達雄
④大伴家持　小野寛
⑤在原業平・小野小町　片桐洋一
⑥中務　稲賀敬二
⑦伊勢　片桐洋一
⑧紀貫之　村瀬敏夫
⑨右大将道綱母　増田繁夫
⑩赤染衛門　上村悦子
⑪清少納言　藤本宗利
⑫紫式部　稲賀敬二
⑬和泉式部　久保木寿子
⑭菅原孝標女　津本信博
15藤原俊成　渡部泰明
⑯西行　久保田淳
⑰鴨長明　三木紀人
⑱建礼門院右京大夫　松本寧至
⑲藤原俊成女　神尾暢子
20後鳥羽院　有吉保
㉑源実朝　志村士郎
㉒阿仏尼　長崎健・濱中修
㉓正徹　村尾誠一
㉔兼好法師　桑原博史
㉕井原西鶴　谷脇理史
㉖松尾芭蕉　白石悌三・田中善信
㉗向井去来　大内初夫・若木太一
㉘近松門左衛門　鳥越文蔵
㉙上嶋鬼貫　櫻井武次郎
㉚与謝蕪村　山下一海
㉛柄井川柳　鈴木勝忠
32上田秋成　木越治
㉝山東京山　津田眞弓
㉞小林一茶　黄色瑞華
㉟十返舎一九　棚橋正博
㊱森鷗外　山崎一穎
㊲二葉亭四迷　亀井秀雄
㊳伊藤左千夫　藤岡武雄
39夏目漱石　松井利彦
㊵正岡子規　岡保生
㊶尾崎紅葉　岡保生
㊷国木田独歩　平岡敏夫
㊸田山花袋　小林一郎
㊹樋口一葉　岡保生
㊺有島武郎　安川定男
㊻長塚節　大戸三千枝
㊼尾崎放哉　瓜生鉄二
㊽石川啄木　昆豊
㊾三島由紀夫　井上隆史
㊿宮沢賢治　萬田務
51建部綾足　玉城司
52宝井其角　田中善信
53鶴屋南北　中山幹雄
54佐久間柳居　楠元六男
55中原中也　岡崎和夫
藤原定家
世阿弥・観阿弥　竹本幹夫
良寛　長谷完治
曲亭馬琴　播本眞一
加賀の千代女　藤原マリ子
山東京伝　山本和明
泉鏡花　吉田昌志
太宰治　安藤宏

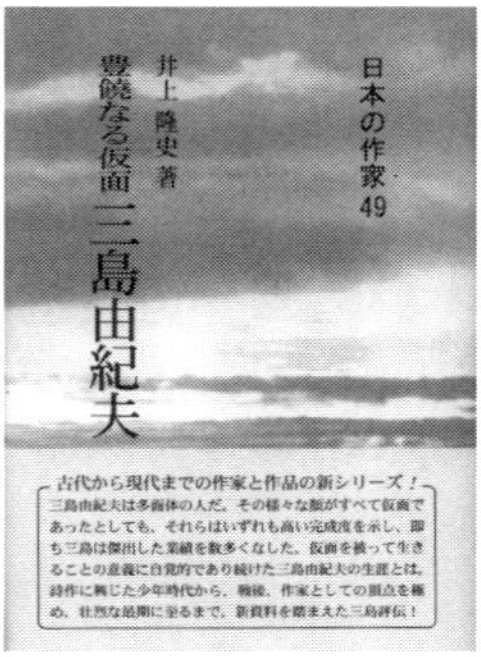